LANDLUFTKÜSSE
UND ANDERE MISSGESCHICKE

Über die Autorin

Hinter der Autorin Michelle Schrenk steckt eine 1983 geborene Wassermannfrau, die es liebt zu träumen und es hasst, Zwiebeln zu schneiden. Schon immer widmete sie sich dem Erfinden von Geschichten und begann bereits im Grundschulalter damit, sie aufzuschreiben. Mit ihren gefühlvollen Liebesromanen, dem Mutmachbuch »Die Suche nach dem verlorenen Stern« sowie drei Kinderbüchern hat sie sich nun ihren Traum vom Schreiben erfüllt.

Nahezu jeder ihrer Titel war in den Amazon Top 100 vertreten, ihr herzerwärmender Roman »Kein Himmel ohne Sterne« sogar zehn Monate lang ohne Unterbrechung. Ihr Roman »Irgendwo hinter den Wolken« war Finalist des Kindle Storyteller Awards 2019. Sie ist überzeugt, dass es viele Wege zum Glück gibt, und hofft, ihren Lesern mit ihren Büchern ein wenig davon zu schenken.

Mehr über Michelle und ihre Bücher gibt's im Internet auf michelleschrenk.de.

Mehr aus Michelles Leben auf Facebook und Instagram: www.facebook.com/MichelleSchrenkAutorin www.instagram.com/michelle_schrenk_autorin

MICHELLE SCHRENK

Landluftküsse

UND ANDERE

MISSGESCHICKE

Roman

1. Auflage, 2022

Danke an alle Partner, ohne deren Unterstützung dieses Buch nicht möglich gewesen wäre:

Covergestaltung:
Michelle Schrenk, @canva, www.canva.com

Lektorat und Redaktion:
Susanne Jauss, jauss-lektorat.de

Porträt Michelle Schrenk:
Nathalie Majewski, namama.de

Für meine Familie

Gut zu bearbeiten

»Du bist echt gut zu bearbeiten, Katja!«

Bitte was?

Bis jetzt war der Typ ja wirklich nett, auf eine gewisse Weise interessant – so wie sein Körper. Breite Schultern, an denen ich mich festhalten konnte. Starke Arme, die mich umschlangen. Aber *gut zu bearbeiten*? Meint er das etwa ernst? Will man so was von dem Kerl hören, mit dem man gerade herumknutscht?

Das Date mit ihm hat bislang echt Spaß gemacht. Als er mich irgendwann im Laufe des Abends fragte, ob er noch mit zu mir kann, sprach aus meiner Sicht nichts dagegen. Endlich schien ich mal an einen Kerl geraten zu sein, der mit beiden Beinen im Leben steht. Er arbeitet im Bauamt der Stadtverwaltung, macht da irgendwas mit Gebäudeschutz, ist neunundzwanzig und sportbegeistert. Gut, als er mich fragte, ob ich auch gern ins Fitnessstudio gehe, habe ich ein bisschen geflunkert. Klar bewege ich mich schon, zumindest ab und zu. Dass es in erster Linie nur die Spaziergänge zum Kühlschrank sind, war in dem Moment doch unwichtig.

Noch immer knabbert er an meinem Hals herum, doch mit einem Mal hebt er mich hoch und drückt mich gegen die Wand. Oha, jetzt kommt er aber in Fahrt. Postwendend verzeihe ich ihm seine merkwürdige Feststellung, dass ich gut zu bearbeiten sei. Ich umklammere seine Hüften mit meinen Beinen, und unsere Lippen finden sich. Wild küssend erreichen wir mein Schlafzimmer. Dort legt er mich auf dem Bett ab und beugt sich über mich. Ich streichele seine nackte, glatte Brust, die sich echt gut anfühlt, und nehme mir vor, nun einfach mal abzuschalten und zu genießen.

Mit einem Mal vibriert es irgendwo an seinem Körper. Okay, will er vielleicht irgendwelche Sexspielzeuge benutzen? Aber dann registriere ich, dass das Vibrieren aus seiner Hose kommt. Und da ich nicht annehme, dass er im unteren Bereich magische Kräfte hat, wird das wohl sein Handy sein.

»Oh«, keucht er und will sich aufrichten. Er wird doch nicht etwa ans Telefon gehen? Energisch schüttele ich den Kopf, ziehe ihn wieder zu mir heran und suche seine Lippen mit meinen. Das Vibrieren verstummt. Gut so.

Doch ich habe mich zu früh gefreut. Es dauert nur wenige Sekunden, dann macht es *Pling*. Einmal, zweimal, dreimal …

Erneut hält er inne und sieht mich an. »Sorry, ich muss mal nachsehen, was da los ist.«

Ist das echt sein Ernst? Was kann denn so wichtig sein?

»Das ist bestimmt mein Kollege, ich bin da gerade in ein großes Projekt eingebunden«, erklärt er, ehe er aufspringt, das Handy aus der Tasche zieht und auf dem Display herumtippt. »Mist! Ich muss da mal eben anrufen. Mach du dich doch inzwischen schon mal frei, ja? Dann können wir nachher umso schneller zur Sache kommen.«

Beinahe hätte ich laut losgelacht. Ich soll mich schon mal frei machen? Wofür hält er sich denn? Für einen Arzt? Er ist doch Beamter im Bauamt. Aber halt, hat er mir nicht vorhin beim Abendessen erzählt, dass er sich in seiner Freizeit am liebsten Arztserien bei Netflix reinzieht? Mir schwant Übles. Womöglich habe ich es ja mit einem verkappten Möchtegern-Arzt zu tun. Doch solange er mich nicht bei vollem Bewusstsein operieren will, soll es mir recht sein.

Bevor ich etwas entgegnen kann, hat er das Schlafzimmer schon verlassen. »Nein, kein Problem. Ich mache gerade nichts Besonderes«, höre ich ihn draußen im Flur sagen.

Nichts Besonderes? Na, vielen Dank auch. Ich setze mich auf die Bettkante und betrachte mich in der Spiegeltür meines Schlafzimmerschranks. Meine hellen, gelockten Haare sind etwas verwuschelt, und ich fahre mit den Fingern hindurch, um sie ein wenig zu ordnen. Na toll. Da nimmt man mal einen Kerl mit – und dann so was.

Vielleicht hätten die Alarmglocken bei mir schon läuten müssen, als er beim Essen immer wieder auf sein Handy linste. Doch in dem Moment machte ich mir nicht weiter Gedanken, denn das tut heutzutage doch fast jeder, oder? Leider auch ich, das muss ich gestehen. Auch wenn es schon unhöflich ist. Aber gut.

Ich überlege weiter. Erzählte er vorhin nicht auch, er sei mit seinem Beruf verheiratet? Ich hielt das für einen Scherz, anscheinend war es jedoch keiner. Warum kann ich eigentlich nie einen ganz normalen Kerl kennenlernen?

Da er mit seiner Schlafzimmer-Geschäftsbesprechung immer noch nicht fertig ist, bin ich nun schon ein wenig genervt und lasse mich zurück auf die Matratze fallen.

»Also, da müssen wir gleich etwas unternehmen«, sagt er nun. Seine Stimme ist etwas leiser, er scheint sich noch ein Stück weiter entfernt zu haben. »Die betroffenen Parteien werden verärgert sein. Lies doch noch mal den Text vor, so werden die das nicht genehmigen.«

Tief seufze ich auf. Ich liege mit geschlossenen Augen da und versuche, ruhig zu atmen, in der

Hoffnung, dass mein Ärger dadurch nicht allzu sehr hochkocht.

Als jedoch noch einmal zehn Minuten vergangen sind, wie mir der Wecker auf meinem Nachttisch verrät, wird es mir zu dumm. Ich habe keine Lust mehr, noch länger auf ihn zu warten. Wenn er schon lieber arbeiten will, als den Abend mit mir zu verbringen, dann bitte nicht in meiner Wohnung.

Entschlossen stehe ich auf, knöpfe mir im Gehen die Bluse zu und folge seiner Stimme, die eindeutig aus meinem Wohnzimmer kommt, wo er es sich auf dem Sofa bequem gemacht hat. Wenn ich ihn so betrachte, mit dem nackten Oberkörper und den leicht verstrubbelten Haaren, dem Telefon in der Hand und dem konzentrierten Blick, fällt es mir durchaus nicht leicht, ihn jetzt vor die Tür zu setzen. Er hat wirklich gut trainierte Muskeln, das konnte ich schon in den paar Sekunden feststellen, in denen ich sie berühren durfte. Dennoch habe ich absolut keine Lust mehr.

Ich hebe sein Shirt auf, das vor mir auf dem Boden liegt. »Ähm, Leo«, sage ich in seine Richtung, doch er hebt die Hand, um mich zum Schweigen zu bringen. Ich atme tief durch. Ruhig bleiben, Katja.

»Nein, noch mal, wir müssen was tun. Da ist ein Bindestrich zu viel, das geht gar nicht, das habe ich dir gerade schon gesagt.«

Okay, das scheint wirklich ein wichtiges Problem zu sein, mit dem er da konfrontiert ist.

»Leo?«, sage ich noch einmal, jetzt etwas lauter.

Er sieht zu mir. »Bitte noch einen Moment. Ich hab doch gesagt, mach dich schon mal …« Er stoppt und fuchtelt mit der Hand in der Luft herum. Wenn er am Telefon hängt, kann er ja schlecht sagen, dass ich mich frei machen soll. Er deckt das Mikrofon mit der Hand ab und raunt mir zu: »Heute ging eine Rundmail raus an alle beteiligten Parteien – mit einem gravierenden Fehler. Manche Direktionen werden nämlich nicht mit Bindestrich geschrieben, trotzdem hat unsere Sekretärin den Bindestrich überall gesetzt. Kannst du dir vorstellen, was da los ist? Die Verantwortung liegt jetzt auf meinen Schultern.«

Ein Bindestrich also. Das klingt in der Tat höchst dramatisch. Erneut mustere ich seinen Körper. Ach, es hätte zu schön sein können, wenn Leo nicht so ein Idiot wäre!

Er muss das dringend klären? Das kann er gern machen, allerdings nicht bei mir in der Wohnung. Ich gehe auf ihn zu und reiche ihm sein Shirt. »Hier. Du kannst dich voll darauf konzentrieren, dieses Problem zu lösen. Aber bitte woanders, ja?«

Leo kneift die Augen zusammen. »Bist du jetzt sauer, oder was? Ich hab dir doch gesagt, dass ich im Amt ein echt wichtiges Tier bin. Gut, das mag albern klingen, aber es ist nun mal so, dass ich für alles verantwortlich …«

Beschwichtigend hebe ich die Hand. »Nein, nein, alles gut, ich verstehe das. Deswegen sollst du dich ja darauf konzentrieren, okay?«

Er hält sich das Handy wieder ans Ohr. »Peter, ich melde mich gleich noch mal, wir kriegen das heute schon noch gebacken. Vielleicht erwischen wir Stefan aus der IT, und der kann alle ungeöffneten Nachrichten zurückrufen. Also bis dann, ich verabschiede nur noch rasch meinen Termin.«

Seinen Termin? Aha, ich bin also ein Termin. Gut zu wissen.

Nachdem er das Gespräch beendet hat, schlüpft er in sein Shirt. Bye-bye Muskeln, war schön, euch mal kennenzulernen. »Danke für dein Verständnis«, sagt er, »wirklich ganz groß von dir.«

Gespielt gleichgültig zucke ich mit den Schultern. »Klar, so bin ich nun mal.«

Ich begleite ihn zur Tür, wo er sich dann zu mir nach vorn beugen will, um mich zu küssen. Doch ich tue so, als müsste ich niesen. Schnell weicht er zurück.

»Sorry, ich glaube, ich werde echt krank, und das will ich dir nicht zumuten.« Ich versuche, meine Stimme heiser klingen zu lassen, und öffne die Tür. »Also, ich ruhe mich jetzt mal aus. Viel Glück noch mit deinen Bindestrichen.«

Nun huscht tatsächlich ein Lächeln über sein Gesicht. Wahrscheinlich freut er sich, dass ich kapiert habe, wie wichtig die Sache mit den Bindestrichen für ihn ist.

Nachdem er aus der Tür getreten ist, schließe ich sie schnell hinter ihm. Ich lehne mich von innen dagegen und atme tief durch. Da wollte ich endlich mal ein schönes Date haben, mit etwas Romantik, Sinnlichkeit und ... ja, vielleicht auch mit Sex. Aber letztlich wurde daraus die reinste Katastrophe. Mal wieder. Langsam frage ich mich, ob alle Männer in dieser Stadt völlig bescheuert sind. Zumindest diejenigen, die noch Singles sind.

Und ich hatte wirklich einige Dates in letzter Zeit. Mit Sportlern, die beim Essen nur darauf achteten, etwas Gesundes zu sich zu nehmen. Mit irgendwelchen Machos, die glaubten, der Nabel der Welt zu sein. Und schließlich mit Arbeitstieren und Möchtegern-Chefs wie dem lieben Leo heute. Ach ja, und dann war da noch dieser Freak, der sich in seiner Freizeit am liebsten im Wald aufhielt und mit den Bäumen redete. Bei unserem Date erzählte er mir andauernd nur davon, was die Bäume ihm beim letzten Ausflug zugeflüstert hätten. Schräg, aber wenigstens war es interessant mit ihm.

Potenzielle Lebenspartner waren jedenfalls keine darunter. Ich habe die Nase endgültig voll. All diese Kerle kann ich getrost von meiner Liste abhaken.

Manchmal frage ich mich echt, was für einen Sinn solche Dates machen.

Bei diesem Mister Wichtig namens Leo heute hat ein Bindestrich gefehlt, und außerdem hat er wie ein Arzt gesprochen, obwohl er keiner ist. Hallo? Wie skurril ist das denn? Das brauche ich niemandem zu erzählen, denn es würde mir eh keiner glauben. Oder Moment, ich wüsste schon jemanden, dem ich davon berichten möchte.

Reden wir über Würste

»Na, alles klar bei dir? Warte mal kurz, Katjalein, ich muss eben meine Kopfhörer reinstecken. Ich brate gerade Würste an.« Es dauert einen Moment. Im Hintergrund brutzelt es, dann höre ich wieder Mimis Stimme. »Jetzt bin ich für dich da. Also, wie war dein Date mit diesem Leo? Und er selbst? Typ Knackwurst?«

Ich freue mich, mit meiner besten Freundin reden zu können. Sie fehlt mir schon ziemlich, seit sie zu ihrem Freund Benno aufs Land gezogen ist. Früher waren wir immer zusammen auf Männerjagd in der Stadt unterwegs gewesen, bis sie irgendwann zufällig Benno begegnete. Es war auf der *Consumenta*, einer großen Verbrauchermesse in Nürnberg, wo er an einem Stand die Würste aus seiner Metzgerei präsentierte. Und zack, war es um sie geschehen.

Niemals hätte ich mir vorstellen können, dass ausgerechnet Mimi aufs Land ziehen würde, doch sie hat es getan. Da sieht man mal wieder, was die Liebe alles zustande bringt. Wenn es sein muss, macht sie aus Fleischfressern Veganer und aus einer Stadtpflanze wie Mimi ein Landmädchen.

Mimi war auch meine Kollegin in der Agentur. Heute sitze ich allein dort. Gut, natürlich nicht ganz allein, ich habe schon auch Kollegen. Unter anderem Janosch, den ich wirklich gern mag, aber Mimi fehlt mir dennoch sehr. Janosch ist tatsächlich seinem Freund Albert zuliebe Veganer geworden, obwohl er Fleisch liebt und früher nicht einen Tag ohne sein konnte. Doch das soll hier nicht das Thema sein.

»Knackig war Leos Körper vielleicht schon«, antworte ich. »Aber er selbst war nur eine Wurst. Eine, die beim Hineinbeißen nicht das hält, was sie von außen verspricht.«

Mimi kichert. »Erzähl, was war denn?«

»Er war die absolute Lachnummer. Eine Art Möchtegern-Super-Wichtig-Chef, der sich nebenbei wohl auch noch für einen Arzt hielt. Eigentlich ein armes Würstchen, wenn ich so darüber nachdenke.«

»Dann war seine Wurst also nichts für dich?« Meine Freundin kann jetzt kaum mehr das Lachen zurückhalten.

»So weit ist es gar nicht gekommen. Stell dir vor, wir hatten gerade angefangen, rumzumachen, da klingelte sein Handy. Gut, wenn es was Wichtiges ist, sage ich ja nichts, aber es war nur ein Kollege von ihm, und es ging darum, dass bei einer Rundmail an irgendwelche Partner ein Bindestrich fehlte. Leo ist deswegen völlig in Panik verfallen. Er hat so getan, als müsste er die Welt retten, weil gerade ein Komet auf uns herunterrast. Und deshalb hat er mich buchstäblich links liegen gelassen.«

»Ohhhh!« Einen kurzen Augenblick sagt sie nichts, dann prustet sie los, und es dauert ein wenig, bis sie sich wieder beruhigt hat. »Jetzt sei mal nicht so. Das mit dem Bindestrich klingt echt ... wichtig!«

»Ja, total.«

»Wobei, vielleicht sollte man es gar nicht so negativ sehen. Du könntest daraus auch schließen, dass er verantwortungsbewusst ist.«

Ich verdrehe die Augen. »Genau, so wird es sein. Und es kommt noch besser. Bevor er ans Telefon ging, meinte er noch, ich soll mich doch schon mal frei machen. Damit es nachher, wenn er fertig ist, schneller geht.« Ich hole ein Schnapsglas aus dem Küchenschrank und gieße mir Wodka ein. Nur einen kleinen. Irgendwie ist mir mit einem Mal danach.

Selbst Mimi scheint jetzt das Lachen im Halse stecken geblieben zu sein. »Oje, das ist wirklich absolut bescheuert. Er ist doch kein Arzt«, sagt sie und klingt sogar ein wenig bestürzt. »Was machst du denn gerade? Da hat doch irgendwas bei dir gescheppert.«

»Ich hab mir Wodka eingeschenkt. Nur einen kleinen.«

»Einen Schnaps? Oh weh. So schlimm?«

»Ehrlich gesagt ja. Ich muss das mit dem Freimachen unbedingt runterspülen.«

»Und was hast du darauf geantwortet? *Jawohl, Herr Doktor, wird gemacht*?«

Ich stimme in Mimis Lachen ein, obwohl mir keineswegs danach zumute ist. »Wenn er wenigstens Arzt gewesen wäre … Angeblich schaut er die Arztserien bei Netflix rauf und runter.«

»Aha, so einer ist das. Ein verhinderter Arzt noch dazu. Eine gefährliche Mischung. Kein Wunder, dass er mit solchen Ausdrücken um die Ecke kommt.«

»Das habe ich mir auch gedacht. Jedenfalls habe ich auf das Freimachen verzichtet und ihm geraten, dass er diese wichtige Sache mit den Bindestrichen lieber daheim erledigen soll. Prost.« Kaum habe ich den Schnaps in einem Zug in mich hineingeschüttet, spüre ich eine wohlige Wärme im Bauch.

»Prost!«, ruft Mimi. »Ach Mist, die Kartoffeln, ich muss sie mal kurz abgießen. Das wird jetzt etwas laut.« Schon höre ich ein Klappern, dann das Rauschen von Wasser. »Ich hab da nämlich neulich was ausprobiert, Kartoffeln mit einer ganz leckeren Soße überbacken. Die gibt's auch heute wieder zu den Bratwürsten. Das schmeckt echt genial. Hab ich dir eigentlich schon erzählt, dass ich mich bei den Landfrauen angemeldet habe?«

Kaum zu glauben, wie Mimis Leben sich verändert hat. Sie arbeitet in der Metzgerei von Bennos

Familie mit, und nun will sie auch noch bei den Landfrauen mitmachen. Wenn mir das früher mal jemand prophezeit hätte, hätte ich denjenigen für verrückt erklärt. »Jeder sollte das tun, was ihn erfüllt«, sagte Mimi mir mal. Sie lebt hundertprozentig danach, und es scheint ihr viel Spaß zu machen, zumindest habe ich noch nie etwas Gegenteiliges gehört.

»Das klingt super«, antworte ich.

»Ist es auch. Und die Bratwürste sind eine neue Kreation von Benno, mit ganz speziellen Gewürzen. Glaub mir, wenn du sie erst mal probiert hast, willst du nie wieder andere Würste essen!«

»Na ja, wenn sie so gut sind, wie du sagst, verzichte ich vielleicht wirklich auf alle anderen Arten von Würsten. Wenn du verstehst, was ich meine ...«

Wir kichern beide ausgelassen, und ich fühle mich gut dabei. Warum darf man auch mit achtundzwanzig nicht noch etwas kindisch sein und über Würste reden?

»Noch mal zurück zu dieser Knackwurst Leo«, sagt Mimi. »Sein Würstchen probierst du jetzt aber nicht mehr aus, oder?«

»Natürlich nicht, dazu ist mir der Appetit vergangen. Es ist mir zu sehr verkocht. Oder verkohlt, wie du willst.« Ich seufze tief. »Mal im Ernst, warum muss man sich dauernd so eine Date-Hölle antun mit Männern, die man sowieso niemals wiedersehen wird?«

»Wahrscheinlich, weil alles irgendwo seinen Sinn hat. Jede Begegnung hat ihren Sinn.«

»Okay, und welchen Sinn hatte dann der verrückte Baumfreak von neulich, der auch noch zufällig Eichenbichler hieß?«

»Hm.« Mimi scheint kurz zu überlegen. »Vielleicht kannst du sein Wissen irgendwann noch gebrauchen?« Typisch meine Freundin. Die Situation kann noch so verfahren sein, sie findet darin immer etwas Positives.

»Genau, so wird es sein.«

»Sicher! Ich glaube ja fest daran, dass alles für irgendwas gut ist. Und auch Enttäuschungen sind wichtig für dich, denn jeder Mann, der nicht passt, führt dich zum Richtigen. Jede Wurst, die dir nicht schmeckt, bringt dich der Wurst näher, die genau deinen Geschmack trifft. Haha.«

»Nun, ich habe hier in der Stadt ja schon ein paar Würste getestet ...«

»Ich weiß. Und deswegen hätte ich ja auch eine Idee für dich.«

Ich verdrehe die Augen, denn ich weiß genau, was sie meint. »Jaja, jetzt kommt gleich wieder dein üblicher Vorschlag: Lass die Stadtmänner sausen und suche dir lieber einen heißen Landkerl, oder? Probier doch mal eine Wurst auf dem Land.«

»So ist es!« Sie lacht.

»Aber nur weil du dein Glück auf dem Land gefunden hast, heißt das noch lange nicht, dass ich dort auch einen netten Kerl finde. Ein Landwirt passt doch überhaupt nicht zu mir.«

Sie übergeht meinen Einwand. »Eines musst du zugeben: Natürlich ist es oft strange, aber es ist nun mal nicht von der Hand zu weisen, dass *Bauer sucht Frau* total viel Erfolg hat. Und das schon seit Jahren. Was glaubst du, warum das so ist?«

Bauer sucht Frau. Klasse. Mimi wäre sogar zuzutrauen, dass … »Du kommst jetzt aber nicht auf den Gedanken, mich für die nächste Staffel anzumelden, oder? Da bin ich echt raus. Doch mal im Ernst, ist es zu viel verlangt, einen netten Kerl zu finden, der sexy ist, mit beiden Beinen im Leben steht und nicht nur darauf wartet, dass man sich frei macht?«

»Wie gesagt, mein Vorschlag steht. Bevor du der Liebe ganz abschwörst …« Ihre Stimme hat mit einem Mal einen verschwörerischen Unterton. »Echt jetzt. Komm hierher zu mir aufs Land, einfach mal raus aus der Stadt. Das wäre total schön. Vielleicht tut es dir ja so gut wie mir. Dann kannst du die ganzen Pfeifen abhaken und vergessen. Landmänner küssen einfach besser. Hast du die nicht sowieso auf deiner Liste stehen?«

»Du kannst es nicht lassen, oder?«

Wieder klappert es bei ihr im Hintergrund. Sicherlich sind es entweder die Bratwürste oder die Kartoffeln. »Ach, komm schon, du warst noch nie hier bei mir. Dabei ist es so toll! Der Ort, die Menschen …«

»Keine Chance«, antworte ich entschieden. »Da müsste mich schon das Schicksal hinschleppen. Oder ein Wunder. Und als ob die Kerle auf dem Land besser küssen, also echt.«

»Du bist gemein.«

Ich versuche, etwas versöhnlicher zu klingen. »War nicht so gemeint, ich besuche dich bestimmt bald mal. Aber momentan habe ich im Job so viel zu erledigen. Morgen früh habe ich einen Termin bei meinem Chef und …«

»Jaja.« Erst hört sich Mimi noch etwas geknickt an, doch dann lacht sie wieder. »Also, wir essen jetzt. Benno ist gerade gekommen, und es ist eh schon spät. Telefonieren wir morgen noch mal?«

»Ja, das machen wir.«

Schließlich beenden wir das Gespräch. Was mir heute Abend passiert ist, hat mich gefühlt umgehauen, und dann hat noch der Wodka sein Übriges getan. Ich will jetzt nur noch eines: ins Bett. Mal sehen, was der neue Tag so bringt.

Ausgerechnet aufs Land

Als ich am nächsten Morgen ins Büro stöckele, sitzt mein Kollege Janosch am Empfang. Wie immer ist er perfekt gestylt: die Augenbrauen perfekt gezupft, die dunklen, gelockten Haare nach hinten gekämmt und mit Gel fixiert. Ich gebe zu, das mit den Augenbrauen würde ich auch gern so gut können wie Janoschs Freund Albert, aber der ist immerhin Kosmetiker.

Während ich vor Janosch stehen bleibe, beißt er genüsslich in eine Schinken-Käse-Stange. Gespielt mahnend wackele ich mit dem Zeigefinger. »Schinken und Käse? Wenn Albert das wüsste …«

»Ich bin nur Teilzeitveganer, und das akzeptiert er auch.« Janosch hüstelt verlegen, doch dann beginnt er zu grinsen. »Naaaaa, wie wäre es mit einem Kaffee?«

Kaffee. Unser geheimes Codewort für *Tratsch am Morgen.*

Ich nicke. »Warte kurz, nur fünf Minuten. Ich lege mal eben meine Sachen ins Büro.«

Nachdem ich mein Zimmer betreten und die Tasche auf dem Schreibtisch abgestellt habe, fahre ich den Computer hoch und lese die neuen Nachrichten in meinem Postfach. Besprechung mit dem Chef um neun. Ich klicke auf *Bestätigen* und mache mich dann auf den Weg in die Küche.

Seit drei Jahren arbeite ich jetzt bei *Sillering und Hagel,* einer Immobilienagentur. Eigentlich war ich zu Beginn hauptsächlich für Pressearbeit und Marketing zuständig, doch nach und nach wurde ich sozusagen zum Mädchen für alles. Ich mag meinen Job echt gern, und ich muss zugeben, dass ich in dieser Hinsicht wirklich ehrgeizig bin. Irgendwie liegt das bei mir in den Genen. Vielleicht weil mein Vater, der als Professor an der Universität Karriere gemacht hatte, mir bis zu seinem Tod vor zwei Jahren immer nur eines vorlebte: Man muss stets das Beste geben, um Erfolg zu haben. Ich atme tief durch. Ja, Erfolg ist mir schon wichtig. Nur in der Liebe läuft es nicht so recht. Aber gut, man kann nicht alles haben im Leben.

Als ich die Küche betrete, sitzt Janosch schon mit übereinandergeschlagenen Beinen am Tisch, vor sich zwei Tassen Kaffee, von denen eine wohl für mich ist.

»Also schieß los, wie war's?« Er reckt die Nase und schnüffelt in der Luft herum. »Rieche ich etwa Sex?«

»Janosch!« Ich setze mich zu ihm und stupse ihn in die Seite. »Und nein!«

»Ach Mensch, warum das denn?« Er zieht eine Schnute. »Ich dachte, der Kerl war perfekt und ist gleich mit zu dir nach Hause? Das war jedenfalls mein letzter Stand. Ein sexy Beamter – wofür noch mal?«

Tatsächlich hatte ich das Janosch gestern noch schnell geschrieben, bevor ich mit Leo zu mir nach Hause fuhr.

»Ein Beamter für Bindestriche.«

Entgeistert sieht er mich an und lässt beinahe seine Kaffeetasse fallen. »Für Binde… was?«

»Ja, du hast richtig gehört. Der Typ macht irgendwas beim Bauamt und ist anscheinend ziemlich wichtig, zumindest hält er sich dafür. Erst schien er nett zu sein, aber dann hat er sich als absoluter Idiot entpuppt.«

Nachdem ich Janosch schnell alles erzählt habe, beginnt er, lauthals zu lachen. »Also ein totaler Reinfall«, prustet er. »Tut mir echt leid, mein Herzchen.«

Ich winke ab und nehme einen Schluck von meinem Kaffee. »Alles gut. Ich bin ja froh, dass ich es noch rechtzeitig gemerkt habe.«

»Allerdings.«

Auf einmal erscheint mein Chef im Türrahmen. »Frau Hirschberger?«

Ich zupfe meinen Blazer zurecht und streiche mir die Haare aus dem Gesicht. »Guten Morgen, Herr Sillering.«

»Sie haben den Termin gesehen?«

»Klar, und auch schon bestätigt. Ich bin pünktlich bei Ihnen.«

»Schön, dann also bis gleich.« Er lächelt und wendet sich Janosch zu. »Ach, Herr Molert, sind Sie bitte so nett und blocken ab vierzehn Uhr eine Stunde in meinem Kalender?«

Janosch nickt. »Natürlich, Chef, wird erledigt.«

Nachdem Herr Sillering die Küche verlassen hat, stehe ich auf, trinke den letzten Rest von meinem Kaffee und stelle die leere Tasse in die Spülmaschine.

»Es kann also nur besser werden«, überlegt Janosch. »Ein paar haben wir ja noch auf der Liste. Romantiker, Poeten und ... Wobei diese Typen eher selten sind. Und was war noch mal das Dritte? Landkerle, genau.« Er lacht.

»Oh Gott, am Ende muss ich doch auch Landkerle daten. Das meinte zumindest Mimi gestern. Sie behauptet sogar, die würden besser küssen als die Männer aus der Stadt.«

»Warum eigentlich nicht? Sie ist doch glücklich mit ihrem Kerl, oder?«

»Ja, schon. Und sie hat mir sogar vorgeschlagen, sie zu besuchen.« Janoschs Miene hellt sich auf. Ehe er diese Idee womöglich noch gut findet, füge ich rasch hinzu: »Schlag dir das aus dem Kopf. Kannst du dir mich auf dem Land vorstellen? In Gummistiefeln? Hallo!?«

»Na ja, wenn sie hohe Hacken haben … Doch jetzt mal im Ernst, mein Herzchen, diese Kerle aus der Stadt, mit denen du dich bisher getroffen hast, waren irgendwo alle nicht ganz dicht, oder? Die meisten hatten schon einen ziemlichen Schaden.« Er grinst. »Ausnahmen bestätigen die Regel, siehe mich und natürlich auch meinen Albert. Aber ihn habe ich ja ganz zufällig entdeckt.«

Ich hebe eine Augenbraue. »Er hat doch wohl eher dich entdeckt als umgekehrt.«

»Stimmt, und ich bin so froh darüber. Wäre ich zu diesem anderen Kerl gegangen, den ich auf Tinder getroffen hatte, hätte Albert mich niemals wahrgenommen und angesprochen. Weil ich dann nicht in der U-Bahn nach Hause gesessen hätte.«

»Du hattest keinen Empfang, wenn ich mich richtig erinnere. Irgendwas war da doch?«

»Stimmt, und das war in diesem Fall supergut für mich. Sieh an, wohin es mich geführt hat. Das ist Schicksal im Jahr 2022. Und wer weiß, wofür zum Beispiel dieser Bindestrich-Leo in deinem Leben gut war – auch wenn er sie wirklich nicht mehr alle hat. Oder dieser Baumfreak. Du weißt ja, meine Liste war damals auch lang, und einige merkwürdige Kerle standen drauf. Aber mich hätte sicher keiner wegen eines Bindestrichs nicht gevögelt.«

»Na, vielen Dank auch.«

»Apropos miese Kerle mit einem Dachschaden.« Er sieht mich herausfordernd an. »Es wird echt mal wieder Zeit für einen …«

»Listenvergleich!«, rufen wir beide synchron, und ich muss lachen, genauso wie Janosch.

Wir haben diese Sache mit der Liste vor gut einem Jahr eingeführt. Darauf haben wir Kerle in Kategorien eingeteilt: Arbeitstiere, Muskelprotze, Instaposer, Intellektuelle, Sportler … Albern, ich weiß, aber lustig.

»Wir können das ja nachher in der Mittagspause machen.« Janosch grinst. »Ich hab meine Liste griffbereit.«

»Ich auch, wie immer!«

Schließlich geht Janosch zurück an den Empfang, und ich setze mich noch für ein paar Minuten an meinen Computer, ehe ich mich pünktlich um neun im Büro von Herrn Sillering einfinde. Ich klopfe einmal, dann öffne ich die Tür. Mein Chef sitzt bereits an dem großen Besprechungstisch und lächelt mir freundlich entgegen. Vor ihm liegt eine dicke Akte, und ich versuche unauffällig, einen Blick darauf zu erhaschen, doch es gelingt mir nicht.

»Frau Hirschberger, setzen Sie sich doch bitte.«

Ich nicke und nehme Platz. »Ehrlich gesagt bin ich schon gespannt. Um was geht es denn?«

Er putzt etwas umständlich seine Brille, und es vergehen gefühlt Stunden, bis er sie sich endlich auf die Nase setzt. »Also, ich habe da einen Auftrag für Sie. Zugegeben, er ist etwas ungewöhnlich, aber ich habe dabei an Sie gedacht, weil Sie gut mit Menschen umgehen können und noch mit Mimi Langner befreundet sind. Sie lebt doch jetzt in Großreuth, ist das richtig?«

Verwundert sehe ich ihn an. »Ähm ... ja, aber inwiefern ist das relevant für den Auftrag?«

Es folgt ein kurzer Moment des Schweigens. »Es geht um eine Baufirma, mit der wir kooperieren wollen. Der Eigentümer, Herr Schildmann, ist bereit, viel Geld in dieses Projekt zu investieren. Er möchte Wohnungen in Großreuth bauen, im großen Stil. Das Land wird als Wohnraum immer beliebter, aber das wissen Sie ja selbst. Allerdings ist es nicht so einfach, an den Baugrund zu kommen. Das betreffende Grundstück gehört einem gewissen Herrn Neubauer - ich vermute, es handelt sich um einen schon etwas älteren Herrn. Jedenfalls weigert er sich vehement, zu verkaufen. Wir haben uns überlegt, es einmal auf eine andere Art und Weise zu versuchen. Und nun kommen Sie ins Spiel, Frau Hirschberger. Setzen Sie Ihren ganzen Charme ein und finden Sie heraus, was das Problem ist. Wie dieser Herr tickt, was er will, wo vielleicht sein schwacher Punkt ist. Es würde bestimmt Sinn machen, wenn Sie Ihren guten Draht zu Mimi Langner nutzen, sie kennt sich vor Ort sicherlich gut aus. Auf diese Weise könnten wir an Informationen aus dem inneren Kreis kommen. Natürlich ist für Sie auch eine ordentliche Provision drin.«

Ich muss schlucken, denn ich weiß nicht, ob ich es so gut finde, meine Freundschaft zu Mimi derart auszunutzen. »Ich verstehe, was Sie wollen, aber …«

Er lächelt mich an. »Sie brauchen keine Bedenken zu haben. Was wir planen, ist wirklich eine gute Sache. Schöne Wohnungen, die optimal ins Landschaftsbild integriert werden. Neue Menschen, die den Ort beleben. Ein neues, grünes Großreuth. Herrn Neubauer liegt bereits ein großzügiges Angebot vor, aber aus irgendeinem Grund, den wir nicht kennen, weigert er sich, es anzunehmen. Wir würden gern wissen, was dieser Grund ist, und bauen da auf Ihr Gespür. Sie sollen versuchen, mit ihm in Kontakt zu treten – natürlich ohne zu verraten, wer Sie sind. Das Ziel ist schlussendlich, seine Unterschrift unter den Kaufvertrag zu bekommen, wie auch immer Sie das anstellen. Schauen Sie sich unauffällig um, sprechen Sie mit den Leuten, sammeln Sie so viele Informationen, wie Sie bekommen. Die Menschen sind dem Fortschritt gegenüber immer zu skeptisch eingestellt. Dabei ist es das Natürlichste, was es gibt.«

»Okay«, antworte ich gedehnt.

Sein Lächeln wird breiter. »Machen Sie einfach ein paar Tage Urlaub auf dem Land und lassen Sie Ihren Charme spielen. Wir übernehmen alle Kosten, egal, wo Sie logieren, das können Sie selbst entscheiden. Am besten fragen Sie Ihre Freundin, wo es sich gut relaxen lässt. Was meinen Sie, kriegen Sie das hin?«

»Das ist ein wichtiges Projekt, und wenn ich es schaffe, will er mich sogar befördern. Ich soll einfach meinen Charme spielen lassen.« Ich seufze tief und nehme mir einen Cookie aus der Keksdose, die Janosch mir hinhält. Es ist Mittagspause, und wir sitzen auf dem kleinen Balkon, der zu den Räumen der Agentur gehört, in der Sonne. »Oh Mann, der schickt mich tatsächlich aufs Land. Mich!«

Ich kann nicht glauben, dass ich tatsächlich schon übermorgen in dieses Großreuth reisen soll. Klar, der Auftrag ist interessant. Trotzdem fühlt es sich merkwürdig an.

»Ach, das geht schneller vorbei, als du denkst.« Janosch tätschelt mich aufmunternd am Arm. »Wer weiß, am Ende gibt es dort heiße Kerle mit Cowboyhüten und strammen Waden. Und du könntest gleich mal austesten, ob die Kerle vom Land was können, so wie Mimi behauptet. Andere Pfeifen hast du doch wahrlich genug ausprobiert. Los, zeig mir mal die Liste, da stehen die Landmänner ja eh noch drauf.«

»Wenn du meinst.« Ich bin immer noch nicht ganz überzeugt und ziehe sie aus meiner Handtasche. »Aber eines ist jedenfalls sicher: Hier in Deutschland gibt es keine Cowboys, mein Lieber.«

»Ach, lass mir doch meine Fantasien.« Janosch lacht, und ich rolle mit den Augen. »Und diesen alten Herrn Neubauer wirst du schon um den Finger wickeln. So, was haben wir denn da?« Er greift nach der Liste und liest ein paar der Kategorien vor, die wir darauf vermerkt haben. »Baumfreak - stimmt, der war gruselig. Sportskanone - war das nicht der Typ, der immer nur Eiweißshakes getrunken hat? Okay, nichts für dich, zumindest nicht auf Dauer. Instaposer - ne, auch nichts ...«

Währenddessen nehme ich einen Schluck von meinem grünen Smoothie. »Na toll, dann eben aufs Land. Als ob ich da Lust drauf habe«, murre ich. Ich lehne mich auf meinem Stuhl zurück und lasse mir ein paar Sonnenstrahlen ins Gesicht scheinen.

»So ist es gut. Nimm dein Schicksal ganz heldenhaft an.« Er grinst, und ich rolle mit den Augen. Mich nervt das alles so. »Soll ich dir was für die Reise organisieren? Ein Zimmer buchen oder so?«

Ich schüttle den Kopf. »Nein, das mache ich selbst, es soll ja alles inkognito sein. Außerdem werde ich noch Mimi fragen, wo ich am besten unterkommen kann. Sie kennt sich in Großreuth ja aus und wird mir schon was Schönes heraussuchen für meinen Urlaub.« Ich hebe die Hände und male Gänsefüßchen in die Luft. »Am besten mit ein bisschen Luxus, falls es den dort überhaupt gibt.«

Janosch nickt. »Bestimmt, auf dem Land kann es sehr romantisch sein.«

»Ach ja? Und inwiefern?«

»Na ja, frische Landluft, der Sternenhimmel, Tiere, Ruhe ...«

Ich verdrehe die Augen. »Ruhe? Ich will doch gar keine Ruhe! Das alles ist mir ziemlich egal.«

»Jetzt lass den Kopf nicht hängen, immerhin kommst du mal raus aus dem Büro und siehst was anderes. Also heul nicht rum. Und mal ehrlich, ein wenig Ruhe würde dir echt nicht schaden. Du bist immer so rastlos.«

»Wir können ja auch tauschen, wenn du es so romantisch findest. Du fährst aufs Land, und ich bleibe hier. Dann hast du ganz viel Ruhe.«

Janosch hebt schnell die Hand. »Niemals!«

»Blödmann.« Lachend stupse ich ihn an.

»Hab es ja nur gut gemeint.«

Aber vielleicht hat er doch recht. Es kann ja auch ganz angenehm sein, mal rauszukommen. Und was soll schon passieren? Ich werde ein Weilchen in diesem Kaff herumspionieren und dann erholt wieder nach Hause kommen.

Mein Auftrag ist klar. Letztendlich läuft es darauf hinaus, dass ich diesem alten Herrn seine Unterschrift abluchse. Und wenn ich es geschickt anstelle, bin ich in wenigen Tagen schon wieder zurück - mit der Unterschrift, einer Beförderung und einer saftigen Provision in der Tasche.

Ein Wellnesstempel vom Feinsten

»Ein Wunder ist geschehen!«, ruft Mimi lautstark ins Telefon, sodass ich mir das Handy ein Stück vom Ohr weghalten muss. »Oder ist es Schicksal? Du willst also tatsächlich hier bei mir Urlaub machen! Was hat dich umgestimmt?« Sie hält kurz inne. »Du meinst das doch ernst – oder bist du betrunken?«

»Ich meine es total ernst. Du schwärmst doch immer so davon, und ich brauche echt mal ein paar Tage Tapetenwechsel. Wer weiß, am Ende tut es mir wirklich gut. Und schlimmer als mit diesem Bindestrich-Würstchen kann es mit den Kerlen bei euch auf dem Land kaum werden, oder?«

»Ganz sicher nicht. Ach, Katjalein, ich freue mich ja so. Es wird dir gefallen. Du wirst sehen, ich werde dich vom Landleben überzeugen.«

Ich hoffe, dass Mimi nicht merkt, dass mein Lachen sich ein wenig gekünstelt anhört. »Warum nicht? Und außerdem möchte ich doch mal sehen, wo es dich hinverschlagen hat. Ich meine, du bist ja meine Freundin.«

Eigentlich hasse ich es, meine Freundin - wie ich es gerade noch ausdrücklich betont habe - anzulügen, aber ich habe nun mal einen Auftrag. Soll ich sie gleich mal nach Herrn Neubauer fragen? Irgendwie würde ich schon gern ...

»Du musst unbedingt unsere Würste probieren, wenn du da bist«, sagt Mimi jetzt voller Tatendrang.

Würste. Wie soll ich denn da das Thema unauffällig auf diesen Herrn Neubauer lenken?

»Die Gegend zeige ich dir natürlich auch. Ach, und weil du gefragt hast, wo du unterkommen kannst - ich maile dir gleich mal einen Flyer. Wo habe ich ihn denn? ... Ah ja, hier. ... So, jetzt ist er durch. Weißt du, jeder denkt immer, bei uns ist nichts los, aber Großreuth ist ehrlich gesagt der Nabel der Welt und der Gruberhof superschön, ein richtiger Wellnesstempel. Aber pack auf alle Fälle auch deine Gummistiefel ein, ja?«

Auch das noch. »Was? Ich besitze doch keine Gummistiefel. Wie du weißt, bin ich das High-Heels-Mädchen oder Weiße-Sneakers-Girl. Nichts und niemand wird mich dazu bringen, Gummistiefel anzuziehen.«

»Sag niemals nie!« Mimi kichert ausgelassen. »Außerdem gibt es echt supergeile Gummistiefel, eine Freundin von mir hier im Ort designt sogar welche. Die zeige ich dir auch, wenn du da bist. Ich freue mich ja so, dass du dich darauf einlässt.«

Ich lasse mich noch ein wenig tiefer in das weiche Polster meiner cremefarbenen Ledercouch sinken und nehme einen Schluck Wein. Geile Gummistiefel, genau! Na, das will ich sehen.

»Hmm«, murmele ich, während ich das leere Glas zur Seite stelle und stattdessen den Laptop näher zu mir herziehe. Ich öffne Mimis Mail und betrachte den Flyer, den sie mir geschickt hat. »Das ist also ein gutes Hotel?«

»Ein Ferienhof, kein Hotel«, kommt die Antwort wie aus der Pistole geschossen.

»Und dort kann ich es mir wirklich gutgehen lassen?«

»Aber so was von, da ist echt einiges geboten. Wirklich!«, setzt sie hinzu, wahrscheinlich weil ich nicht gleich in Begeisterungsstürme ausgebrochen bin. »Der Hof gehört übrigens einem Freund von Benno. Er hat ihn vor einer Weile von seinen Eltern übernommen, ihn ganz toll renoviert und einen supermodernen Wellnessbereich eingerichtet. Da kannst du sicher unterkommen, ich kläre das für dich.«

»Klingt nicht schlecht. Dann mach das mal für mich fix, ja?«

»Klasse, das mache ich. Du wirst sehen, es wird toll!«

Womöglich hat Mimi sogar recht. Das Leben auf dem Land wird vielleicht wirklich unterschätzt. Die sind dort auf dem Hof ja ganz modern eingerichtet, mit einem Wellnessbereich und allen Schikanen. Und meine gute Freundin ist auch noch da. Wahrscheinlich sollte ich einfach das Beste draus machen. Arbeit, aber eigentlich Urlaub.

Nachdem wir aufgelegt haben, schickt Mimi mir wenige Minuten später noch ein paar Fotos von der Umgebung. So schlecht sieht es dort tatsächlich nicht aus. Und immerhin werde ich auch noch dafür bezahlt.

Gut, ich bin kein besonderer Natur-Fan, was nicht heißen soll, dass ich sie überhaupt nicht mag. Ich habe durchaus schon mal eine Grünpflanze besessen – wenn auch nicht sehr lange, wie ich zugeben muss.

Ich will mich aber doch noch mit einer zweiten Meinung absichern, also leite ich den Flyer vom Ferienhof und Mimis Fotos an Janosch weiter. Er schickt mir sogleich ein Emoji mit weit geöffnetem Mund. *Oha, ist doch toll!*, schreibt er dazu. *Jetzt fehlt nur noch ein heißer Kerl und dann …*

Ich muss lächeln. Typisch Janosch. Doch mit einem Mal ist da in meinem Kopf eine Vorstellung. Ich male mir aus, wie romantisch es sein könnte. Wilde Natur, Seen, Berge, gutes Essen. Man hört ja so oft, dass die Sterne auf dem Land angeblich heller leuchten als in der Stadt. Ob das wirklich stimmt? Und Tiere sind ja auch süß, eigentlich.

Ich nehme mein Handy und schreibe an Mimi: *Sieht wirklich alles super aus. Ich freue mich.*

Prompt bekomme ich Antwort: *Ich freue mich auch. Das wird toll. Glaub mir, wenn du erst mal hier bist, wirst du die Natur lieben. Das kann ich dir versprechen!*

Das erste Missgeschick

Du wirst die Natur lieben, das kann ich dir versprechen. Mimis Worte geistern durch meinen Kopf. Ich befinde mich mitten in der Natur, mitten im Nirgendwo und stecke dort sozusagen fest. Ich liebe es … nicht.

Drei Tage, nachdem ich von meinem Chef den Auftrag bekommen hatte, bin ich also aufgebrochen zu meiner Reise aufs Land. Ich muss total wahnsinnig gewesen sein, mich auf so etwas einzulassen, denke ich mir, aber es hilft nichts. Das fängt ja schon mal gut an.

»Wo bist du denn genau?«, will Mimi wissen.

Mit dem Telefon in der Hand sehe ich mich um. Ja, wo bin ich? Wenn ich das nur wüsste. »Gute Frage. Das Auto steckt jedenfalls mit dem Hintern nach oben im Graben, irgendwo im gefühlten Nirgendwo.«

»Oh nein.« Mimi seufzt. »Aber dir geht es gut?«

»Ja, so weit schon. Bis auf meine Schuhe, die ebenfalls im Schlamm stecken.«

Jetzt lacht sie tatsächlich. »Ich hab dir doch gesagt, pack Gummistiefel ein.«

»Und ich habe gesagt, dass ich so was nicht trage. Also, was mache ich jetzt?«

»Gelassen sein und positiv denken. Das ist etwas, das man auf dem Land sehr gut lernen kann. Und dann könntest du mir vielleicht auch deinen Standort schicken.«

»Meinen Standort? Wie macht man das noch mal?«

»Du weißt nicht, wie man den Standort schickt?«

»Doooooch, nur irgendwie gerade …«

Mein Blick wandert zu meinem Auto und dann wieder an mir hinunter. Mist, meine Absätze stecken wirklich tief im Schlamm, und ich habe ziemliche Mühe, mich auf den Beinen zu halten, denn immer wieder drohe ich, im Matsch zu versinken. Igitt. »Meine Schuhe sind total ruiniert«, jammere ich.

Mimi seufzt. »Egal, was du sagst, wir werden dir als Allererstes Gummistiefel besorgen. Du musst unbedingt raus aus diesem Stadtmodus, der ist doch viel zu anstrengend. So kannst du keinen erholsamen Urlaub verbringen.«

Ich rolle mit den Augen. Ja, ja, ja. Mir geht das Ganze jetzt schon auf die Nerven. Wenigstens werde ich irgendwann in diesem Wellnesshof sein, leckeres Essen genießen, mir ein entspannendes Bad einlassen. Irgendetwas in dieser Richtung. Vielleicht kann ich mir auch ein paar Behandlungen buchen.

»Na, na, nicht mit den Augen rollen, positiv denken!« Mimi kennt mich eben zu gut.

Also gut, dann denke ich mal positiv. Wie gesagt, bald bin ich am Ziel. Ich kann immerhin meine Arbeit mit Urlaub verbinden und meine Freundin treffen. Und dafür werde ich auch noch bezahlt. Besser geht's doch nicht, oder? Gut, ich habe zwar einen Auftrag, aber dieser Herr Neubauer dürfte wohl keine große Hürde für mich sein. Hätte mein Chef mich sonst für diese Aufgabe ausgesucht?

Okay, was ist hier sonst noch positiv? Es ist grün. Natur, wohin man auch blickt. Doch ist das wirklich so positiv? Egal, ich muss das auf jeden Fall noch üben.

»Also, wo bist du jetzt?«, drängt sich Mimi in meine Gedanken. »Wenn du mir deinen Standort nicht schicken kannst, dann beschreib doch wenigstens mal die Umgebung.«

Ich seufze und sehe mich um. »Ich weiß nicht, es ist grün hier, sehr grün sogar …«

»Das hilft mir nicht sonderlich weiter. Geht es etwas genauer?«

Wieder lasse ich meinen Blick wandern. Okay, da sind auch noch eingezäunte Weiden – in einer von ihnen steckt ja mein armes Auto. Dazu ein kleines Häuschen. Wer dort wohl wohnt? Absolut absurd.

»Grüne Weiden, ein kaputter Weidezaun und ein kleines Häuschen«, antworte ich schließlich. Mehr ist da echt nicht, was als Orientierung dienen könnte.

Ach ja, und es stinkt auch noch, irgendwie nach … Dünger. Oder nach Jauche? Doch ob das wirklich als Information hilft?

»Es stinkt«, sage ich trotzdem. »Wonach, kann ich nicht genau sagen. Nach Land eben.«

Mimi kichert. »Sehr gut. Pure Landluft. Aber das Häuschen hilft schon mal weiter. Das ist ein Milchhäuschen. Wahrscheinlich bist du gar nicht mehr weit entfernt, nur die Straße entlang.«

Na super, soll ich jetzt zu Fuß gehen? Und mein Auto hier stecken lassen?

»Pass auf«, sagt Mimi. »Bleib, wo du bist, ja? Ich melde mich gleich wieder bei dir.«

»Okay, bis dann.« Erleichtert drücke ich auf *Beenden*. Das ist wenigstens schon mal positiv.

Etwas merkwürdig kommt es mir allerdings schon vor, dass Mimi nur wegen dieses kleinen Milchhäuschens weiß, wo ich bin. Zumal ich mich ja schon frage, warum Milch auf dem Land ein eigenes Haus braucht. Wie verrückt ist das denn bitte? Aber meinetwegen.

Ich stöckele zu meinem Auto und mustere es. Keine Ahnung, wie das passieren konnte. Gut, ich habe leicht nach rechts gelenkt, weil auf dem Weg so ein ekliger Matschhaufen lag und ich mit meinen

Reifen da nicht reinfahren wollte. Aber konnte ich denn ahnen, dass ich gleich in einen Graben fahre und dabei den Zaun einreiße? So ein Riesentempo hatte ich auch nicht drauf. Zum Glück habe ich selbst nur eine kleine Schramme abbekommen. Oh Mann.

Mein Handy klingelt, und ich nehme das Gespräch ungeduldig an.

»So, da bin ich wieder. Also, Kristof wird gleich da sein. Vermutlich muss dein Auto nur rausgezogen werden, dann zeigt er dir den Weg zum Gruberhof, und du kannst ihm gleich hinterherfahren. Falls dein Auto nicht funktionieren sollte, bringt er dich hin, okay? Ah, ich muss kurz rangehen, Benno klopft an. Wir reden später wieder, bis dann.«

Ehe ich irgendetwas sagen oder fragen kann, hat Mimi bereits aufgelegt. Na dann, dieser Kristof wird schon gleich aufkreuzen. Wer auch immer das ist.

Ich schaue mich um. Immer noch dasselbe Bild: Wiesen, Ruhe, das Milchhäuschen und Gestank. Nichts tut sich. Um mir wenigstens die Zeit zu vertreiben, lehne ich mich ans Auto und tippe auf meinem Handy herum.

Mit einem Mal zerreißt ein lautes Rattern die Stille, und ich hebe erschrocken den Kopf. Ein roter Traktor tuckert geradewegs auf mich zu. Ach herrje. Der kommt hier niemals durch, schließlich ragt die Hälfte meines Autos auf die recht schmale Straße hinaus. Ob der Kerl im Fahrerhaus mich überhaupt bemerkt?

Ich stoße mich vom Auto ab und will ihm ein Zeichen geben, bleibe jedoch erneut im Schlamm stecken. Ach, was ist das hier nur für ein Mist! Meine armen Schuhe.

»Stopp, stopp!«, schreie ich, doch der Kerl denkt gar nicht daran, stehen zu bleiben. Er kommt immer näher und näher, dann macht er einen kleinen Schlenker zur Seite und fährt schließlich an mir vorbei. Staub wirbelt auf, und ich muss husten. Geht's eigentlich noch?

Ich bin immer noch damit beschäftigt, den Staub wegzuwedeln und meine Atemwege davon zu befreien, als das Ungetüm doch noch stehen bleibt.

»Hallo, sind Sie bescheuert?«, rufe ich, während ich versuche, irgendetwas zu erkennen.

Wenigstens hört das Gestaube jetzt langsam auf. Zudem gelingt es mir, meine Schuhe aus dem Schlamm zu ziehen. Sie geben ein schlürfendes Geräusch von sich, als ich auf den Traktor zugehe.

Im gleichen Moment springt auch der Kerl von seinem Gefährt herunter. Er ist groß und trägt ein rot-schwarz kariertes Holzfällerhemd, dessen Ärmel er fast bis zur Schulter hochgekrempelt hat. Darunter kommen unübersehbar muskulöse, gebräunte Arme zum Vorschein. Seine Augen sind grün, die Haare blond und etwas länger, sein Gesicht ist ebenfalls sonnengebräunt. Man sieht ihm definitiv an, dass er viel Zeit im Freien verbringt. Ja, irgendwie stellt man sich so einen Kerl vom Land vor.

»Sind Sie bescheuert?«, rufe ich noch einmal.

Der Kerl hebt eine seiner hellen Augenbrauen. »Nein, ich bin Kristof. Und Sie? Sind *Sie* bescheuert?«

Ups. Das ist also Kristof, der Typ, der mich wohl abholen soll. Und vielleicht auch abschleppen? Eigentlich hatte ich nicht vor, so unfreundlich zu sein, aber der Dreck, den er aufgewirbelt hat, war echt nervig.

»Ähm, nein, ich bin Katja. Sorry, ich bin einfach total erschrocken. Ich dachte, Sie fahren mich um.«

Ohne eine Miene zu verziehen, beäugt er mich ausgiebig von oben bis unten, sodass ich mir vorkomme wie eine Kuh bei der Fleischbeschau.

Ich räuspere mich. »Sie sollen mich also abschleppen?«

»Nein, eigentlich nur Ihr Auto.«

»Das meinte ich doch auch.«

Während ich mir den Staub von der Kleidung klopfe, wandert sein Blick zu meinem Wagen, und er verzieht das Gesicht. »Sie sind echt einfach in den Zaun gefahren? Ich bin erst gestern Abend damit fertig geworden und wollte die Kühe nachher gleich auf die Weide bringen. Aber das kann ich jetzt vergessen, super!«

»Tut mir leid, das war keine Absicht. Eher ein Missgeschick. Die Straße und …«

Er hebt eine Hand. »Ein Missgeschick also, wie auch immer. Es ist mir im Prinzip egal, Sie können auch zu Fuß gehen. Allerdings muss Ihr Auto raus aus meinem Feld, damit wir den Zaun reparieren können. Ich hoffe, Sie haben Arbeitskleidung dabei.«

Bitte was? Arbeitskleidung?

»Das ist nur ein Stück Wiese, da kann man ja wohl mal kurz reinfahren«, verteidige ich mich. »Gut, der Zaun … Aber den stellt man einfach wieder gerade und fertig.«

Er streckt den Arm aus und deutet auf mein Auto. Ich muss sagen, er hat wirklich muskulöse Arme. Man kann die Adern sehen. Dazu diese Arbeiterhände, kräftig und zupackend …

Was denke ich da bitte?

»Wie sind Sie da überhaupt reingekommen? Die Straße ist doch eigentlich breit genug.«

Ich räuspere mich und deute auf den Kuhfladen, dem ich ausgewichen bin. »Ich wollte das nicht an meinen Reifen haben.«

Er sieht mich an, als wäre ich nicht ganz dicht. Was ist daran denn bitte nicht zu verstehen?

»Das ist doch Scheiße, oder?«, drücke ich es jetzt etwas vulgärer aus.

»Ja, das ist es. Und das hier ist ein Auto, das durch die Berührung mit dem Zaun eine Delle und ein paar Kratzer abbekommen hat. Ich weiß nicht, was besser ist: Scheiße am Reifen oder Dellen und Kratzer im Lack?«

Er braucht echt nicht einen auf klug zu machen. Klar, Dellen und Kratzer sind Mist, aber Scheiße ist auch eklig. Als ob man das nicht verstehen kann. Und mein Auto liebe ich nun mal. Immerhin habe ich eine ganze Zeit lang darauf gespart.

»Beides ist blöd«, antworte ich. Mir ist bewusst, wie trotzig ich mich verhalte. Doch ich kann es ja so oder so nicht mehr ändern.

»Okaaaaay.« Während er das Wort in die Länge zieht, mustert er mich erneut von Kopf bis Fuß. »Stadtmenschen«, brummt er schließlich.

Ich verschränke die Arme vor der Brust. Ein merkwürdiger Bauer, das muss ich schon sagen. Wie man ihn wohl in diesem einen TV-Format nennen würde? Vielleicht *Kristof, der kantige Kuhfreund* oder so ähnlich? Ich muss kichern.

»Was ist?«, fragt er.

Ich winke ab. »Nichts, alles gut.«

Wie kommt Mimi eigentlich darauf, dass Landkerle so viel besser sind? Keine Ahnung. Ja, die Muskeln, okay. Aber bitte, haben die Kerle heutzutage nicht alle Muskeln, auch die in der Stadt? Zumindest fast alle. Was ja beinahe schon wieder langweilig ist. Keine besondere Wurst mehr, würde Mimi sagen. Eine wie die andere.

»Also, soll ich das Auto jetzt abschleppen, oder kümmern Sie sich selbst darum? Ich habe nämlich auch noch etwas anderes zu erledigen. Das hier mache ich nur, weil ich Mimi mag und sie mich darum gebeten hat.«

Im Endeffekt ist es ja echt nett von ihm. Wir hatten nur einen schlechten Start. Und ich kann schon auch etwas zickig sein. Also räuspere ich mich. »Sorry, wirklich. Ich bin nur das alles nicht so gewohnt. Es wäre super, wenn Sie mich zu dem Wellnesshof bringen könnten, in dem ich untergebracht bin. Zum Gruberhof. Nach dem ganzen Stress kann ich etwas Erholung gebrauchen.«

Er legt den Kopf schief und sieht mich an. »Erholung? Na gut.«

»Sie können mein Auto gern abschleppen. Nicht mich, ich …« Verlegen räuspere ich mich. »Aber für das Auto wäre ich wie gesagt echt dankbar. Und wegen des Zauns tut es mir ehrlich leid. Ich werde mich revanchieren, irgendwie …«

Er beginnt zu grinsen. »Ich habe nie gesagt, dass ich *Sie* abschleppen will. Mir ging es nur um das Auto. Echt jetzt, bleiben Sie mal locker.«

»Ich bin locker. Wirklich unnötig, das zu sagen. Außerdem wollte ich nur nett sein.«

»Sehr nett, in der Tat.« Sein Grinsen wird noch breiter. »Wie auch immer, es geht also zum Gruberhof, richtig?«

»Ja, ich kann jetzt echt ein bisschen Wellness gebrauchen, besonders für meine Füße. Mimi meinte, man kann dort auch Behandlungen buchen. Hoffentlich habe ich eine Badewanne auf dem Zimmer, dann kann ich vielleicht ein Milchbad oder so was bekommen.«

Entgeistert starrt er mich an. »Aha, Behandlungen also? Im Wellnesshof?«

»Das ist richtig erholsam«, erkläre ich. »Zum Beispiel, um die Muskulatur zu entspannen.«

»Ganz bestimmt haben die dort Behandlungen«, antwortet er. In seinem Gesicht zuckt es zwar leicht, trotzdem bin ich gleich etwas beruhigter.

»Ja? Dann kennen Sie den Hof?«

»Auf jeden Fall. Also gut, dann wollen wir mal loslegen. Damit Sie schnell zu Ihrer Erholung kommen.«

Das ist jetzt aber doch wieder nett von ihm. Er tritt an meinen Wagen und blickt unter die Stoßstange. »Gut. Wenigstens hat das Auto eine Abschleppöse, damit können wir es leichter rausziehen.« Dann geht er zu seinem Traktor und steigt auf. »Ich muss kurz wenden und zurücksetzen.« Als er nun den Motor startet, staubt es gleich wieder um mich herum. Er setzt den Traktor zurück und wendet dann. Dieses riesige Ding hat er scheinbar mühelos unter Kontrolle, denn es steht ziemlich schnell in der richtigen Position.

Dieser Staub. Echt nervig. Und wie soll das jetzt überhaupt mit dem Abschleppen funktionieren? Während ich noch darüber nachdenke, tritt er bereits mit einem Seil, an dessen Ende ein Haken aus Metall baumelt, an mein Auto. Er hakt das Seil unter der Stoßstange ein und verbindet es mit seinem Traktor. Okay, das leuchtet ein.

»Kann da nicht die Öse am Auto abreißen?«, frage ich stirnrunzelnd.

Er sieht mich an und sagt nichts, sondern schüttelt nur den Kopf.

»Gut, und wie …«

Er hebt die Hand. »Du redest echt viel. Also, es funktioniert folgendermaßen: Ich ziehe dich raus, und du setzt dich ins Auto und lenkst. Schaffst du das?«

Wir sind jetzt also beim Du angelangt. Meinetwegen.

Sein Blick wandert an meinem Körper nach unten und bleibt an meinen Schuhen hängen. »Jetzt wird mir einiges klar«, murmelt er.

Ich sehe ihn fragend an. »Wie bitte?«

»Kann man mit diesen Schuhen überhaupt Auto fahren?«

So ein Unsinn. Er denkt also, ich bin deswegen in den Graben gefahren?

»Natürlich kann man mit den Schuhen fahren«, verteidige ich mich und meine Fahrkünste.

Er grinst. »Na ja, offenbar nicht!«

Ich sehe nicht ein, darauf noch eine Antwort zu geben. Stattdessen gehe ich zum Auto, öffne die Fahrertür und setze mich hinters Steuer. »Okay, also nur lenken? Geradeaus? Mit eingeschaltetem Motor? Du musst mir schon etwas genauer sagen, was ich tun soll.« Irgendwie werde ich gerade leicht panisch.

»Bleib mal locker. Kupplung raus und lenken, wenn es losgeht.«

Oh Mann, der Typ nervt. Wenn ich nicht auf ihn angewiesen wäre, hätte ich ihn schon längst zurück zu seinen Kühen geschickt.

Ich atme tief durch, in der Hoffnung, mich dadurch ein wenig zu beruhigen. Währenddessen setzt er sich wieder auf den Traktor, fährt ein Stück zurück, bis das Seil gespannt ist. Und dann – das Auto bewegt sich. Zum Glück. Es funktioniert wirklich. Nur noch ein paar Zentimeter, und ich stehe wieder vollständig auf der Straße. Ich kann gar nicht sagen, wie erleichtert ich bin, als ich nun aussteige.

Kristof ist ebenfalls vom Traktor heruntergesprungen und kommt auf mich zu. »Ich mache jetzt das Seil ab, und du fährst mir einfach nach, okay?«, ruft er ziemlich laut, um sich gegen das Motorengeräusch verständlich zu machen. »Da vorn müssen wir wenden, dann geht es die Straße zurück zum Hof. Alles klar?«

Ohne ein weiteres Wort löst er das Seil von meiner Stoßstange, dann steigt er auf den Traktor auf und fährt los. So viel zum Thema Landmänner. Als ob der Kerl besser küssen kann als andere.

Aber warum denke ich überhaupt an so etwas, während ich ihm hinterherfahre? Alles an ihm ist staubig, die Haut an seinen Händen rau, und ich möchte nicht wissen, wie er riecht, wenn er direkt aus dem Stall kommt.

Doch ich muss zugeben, irgendwie ist er ja schon sexy.

Nichts Böses im Sinn

Laut Mimis Beschreibung soll der Gruberhof wirklich schön sein. Modern renoviert und mit einem umfangreichen Wellnessangebot. Auch auf den Fotos, die sie mir aufs Handy geschickt hat, sah ja alles echt einladend aus.

Als wir jedoch vor einem alten Bauernhof ankommen, schlucke ich. Das wird es doch nicht sein, oder? Sicher nicht. Von moderner Ausstattung und Wellness keine Spur. Doch Kristof biegt an einem Tor, das aus verwitterten Holzlatten besteht und irgendwie einem Zaun ähnelt, von der Straße ab und fährt zielsicher in den Hof hinein.

Okay, was jetzt? Ich habe keine Wahl und muss ihm erst mal folgen. Vielleicht hat Kristof auch nur vergessen, dass er mich zu diesem Wellnesshof bringen sollte, und ist nach Hause gefahren, ohne sich weiter Gedanken um mich zu machen. Das ist zumindest meine letzte Hoffnung.

Also parke ich das Auto und steige aus. Kristof hat den Traktor auch schon abgestellt. Aus dem Stall dahinter blicken ein paar Kühe durch das offene Tor neugierig zu mir heraus.

Ich versuche, meine Unsicherheit zu verbergen, als ich auf Kristof zugehe. »Ich will doch zum Gruberhof. Hast du das vergessen?«

Er verzieht das Gesicht zu einem breiten Grinsen. »Nein, das habe ich nicht vergessen. Aber bitte schön! Du hast dein Ziel erreicht. So sagen es doch immer die Navis in der Stadt, oder?«

Klar, so sagen es immer die Navis in der Stadt. Der Kerl ist echt von gestern.

Ich will etwas entgegnen, doch er wendet sich schon ab und geht einfach davon. Echt superfreundlich. »Hey, warte mal«, rufe ich ihm hinterher. »Wo soll ich denn jetzt hin?«

Unschlüssig stehe ich da und sehe mich um. Ich erkenne einen Hühnerstall, davor einen Misthaufen – und na ja, den Stall mit den Kühen. Dazu stinkt es gewaltig. Das darf doch nicht wahr sein!

Zudem sieht das Haus überhaupt nicht so aus, wie es mir von Mimi angepriesen wurde, eher wie eine etwas verfallene Ausgabe davon. Womöglich stammen ihre Fotos aus den Sechzigerjahren, als hier noch alles neu war. Oder es handelt sich um eine Fälschung, einen Wunschtraum oder was auch immer. Von meiner Arbeit in der Immobilienbranche bin ich es natürlich gewohnt, Objekte aufzuhübschen und hier und da auch mal ein wenig zu flunkern –

wir nennen es, den Charme eines Objekts herauszuarbeiten, um Käufer anzulocken. Aber in diesem Fall war wohl Photoshop am Werk. Oder es ist schlicht und einfach Betrug.

Ehrlich gesagt komme ich mir schon ein wenig veräppelt vor. Und das auch noch von meiner guten Freundin. Denn immerhin war sie es ja, die mir den Hof als so toll angepriesen hat. Doch das hier sieht alles andere als nach Wellness aus.

»Kristof, hallo! Jetzt warte doch bitte mal!« So schnell es meine Absätze erlauben, renne ich ihm hinterher. Er geht geradewegs auf eine Halle zu, in der ein paar Landmaschinen und Geräte stehen.

Erst denke ich, er ignoriert mich, aber dann bleibt er doch stehen. »Was ist denn noch? Du musst dich nur am Empfang melden, das ist bei uns der Hausflur. Margarete, meine Oma, hat sicher dein Zimmer schon fertig. Ich hab jetzt zu tun.« Er kann sich das Lachen nun kaum mehr verkneifen.

Sehr lustig, ich lache gleich mit.

»Einen Moment noch.« Ich zücke mein Handy und halte es ihm unter die Nase. »Diese Bilder hier hat Mimi mir vom Gruberhof geschickt. Ich weiß auch nicht, vielleicht liegt da eine Verwechslung vor?«

»Oha.« Er zieht eine Grimasse, die wohl witzig aussehen soll. »Das solltet ihr unter euch klären. Jedenfalls bist du schon richtig bei uns.«

Hat er »bei uns« gesagt? Klar, diese Margarete ist ja seine Oma. Mir schwant Fürchterliches.

»Dort vorn ist der Eingang«, erklärt er. »Die große Holztür. Meine Oma checkt dich dann ein - oder wie man das heute nennt. Ich muss jetzt noch ein paar Dinge erledigen. Irgendjemand hat nämlich meinen Weidezaun umgefahren. Wobei, eigentlich müsstest du mir beim Reparieren helfen.« Er verschränkt die Arme vor der Brust.

Ich bin nun tatsächlich etwas überfordert.

Bei uns. Dein Zimmer.

Okay, Katja, ruhig Blut, am Ende ist alles halb so wild. Außerdem bleibe ich ohnehin nicht länger hier als nötig. Ich muss ja nur dieses besagte Grundstück auskundschaften, diesen Herrn Sowieso aufstöbern - der Name fällt mir in meiner Aufregung gerade nicht ein - und dann noch ein paar Informationen über ihn und den Ort herausfinden.

»Na dann, danke für die Hilfe, echt.« Kopfschüttelnd stecke ich mein Handy wieder ein und gehe zum Auto, öffne den Kofferraum und hole mein Gepäck heraus. Genervt schleife ich den großen Koffer und mein Beautycase über das holprige Kopfsteinpflaster auf die große dunkle Holztür zu.

Ich drücke auf die Klingel, auf der der Name *Gruberhof* und darunter etwas kleiner *Neubauer* steht. Innerhalb von einer Sekunde beschleunigt sich mein Puls auf gefühlt das Zehnfache.

Neubauer.

Doch bevor ich weiter darüber nachdenken kann, höre ich Schritte. Eine ältere Frau öffnet mir. Sie hat ihre weißen Haare zu einem Dutt aufgesteckt und trägt eine Kittelschürze mit Blumendruck. Mit einem Mal fühle ich mich wie in einem dieser Landfilme.

»Du bist die Kati, gell?« Sie mustert mich mit ihren blauen Augen, die von ziemlich tiefen Falten umrahmt sind.

»Ähm, ja. Mein Name ist Katja Hirschberger, ich habe ein Zimmer reserviert.«

Sie nickt und reibt sich die Hände. »Freilich, das weiß ich doch, die Mimi hat mir schon von dir erzählt. Ich freue mich. Komm doch rein, ich bin übrigens die Margarete.« Sie hält mir die Tür auf, und ich versuche, den Koffer, auf dem ich mein Beautycase abgestellt habe, ins Innere des Hauses zu wuchten.

Doch auf der Türschwelle gerät der Turm ins Wanken. Mein Beautycase purzelt hinunter, der Verschluss springt auf, und der gesamte Inhalt verteilt sich auf dem Boden. Na, wunderbar. Das hat mir gerade noch gefehlt.

»Mist!« Eilig gehe ich in die Knie, um alles aufsammeln.

Plötzlich hockt Kristof neben mir und hält mir ein paar meiner Lippenstifte entgegen. »Meinst du, du hast wirklich genug eingepackt für ein paar Tage?«

So ein Idiot. Diesen Kommentar hätte er sich echt verkneifen können. Dass er auf Körperpflege keinen allzu großen Wert legt, ist mir schon klar. Wahrscheinlich trägt er jeden Tag dasselbe Hemd. Hätte ich das Beautycase doch nur abgeschlossen, aber da war ich wie immer zu leichtsinnig. Ich konnte doch nicht ahnen, dass es einem ungehobelten Kerl vom Land vor die Füße fällt.

Hastig greife ich nach meinem Schminkzeug und stopfe es zurück in das Case. »Sehr witzig. Das nennt man Körperpflege.« Ich mustere ihn von oben bis unten. »Kennst du nicht.«

Er hebt eine Augenbraue. »Wie nett von dir.«

»Ach, die jungen Leute immer«, schaltet sich Margarete ein. »Kristof, jetzt hilf doch mal der Kati, die schläft nämlich ein paar Tage bei uns. Du weißt schon, sie ist die Freundin von der Mimi. Ich hab das große Zimmer von der Uroma für sie fertig gemacht. Bist du jetzt dann gleich mit den Jungs auf dem Feld unterwegs, die Kartoffeln ernten? Die müssen heute noch ausgeliefert werden. Die Christa hat schon welche bestellt und die Eva auch.«

Margarete hat sich inzwischen hinter einen kleinen Tresen aus dunklem Holz gestellt und blättert in einem Buch, das ein wenig aussieht wie ein großer Terminkalender.

Eine Frage brennt mir auf den Lippen. »Wohnt er denn auch hier?«, frage ich sie und deute auf Kristof.

»Na freilich, ihm gehört doch der Hof. Kristof Neubauer. Also, jetzt buchen wir dich einmal ein.«

Was? Ist er etwa dieser besagte Neubauer? Der sich weigert, sein Grundstück zu verkaufen? Ach nein!

»Katja Hirschberger. Da haben wir dich ja schon.« Sie setzt einen Haken neben meinen Namen. Die Seite in dem Buch sieht ganz schön leer aus. Wahrscheinlich gibt es außer mir keinen anderen Gast hier. Ich werde ein ernstes Wort mit Mimi reden müssen.

»Frühstück gibt's morgen früh, wenn du wach bist. Komm einfach in die Küche, ich hab dann schon was für dich.« Margarete deutet hinter sich auf eine Tür und reicht mir einen Schlüssel. »Und den Schlüssel fürs Zimmer hast du hier. Einfach die Treppe rauf, dann gleich links.«

»Gibt es keinen Aufzug?«

Hinter mir lacht Kristof laut los. Die Frage hätte ich mir auch sparen können, das weiß ich selbst. Aber …

»Ich … also, Mimi hat …« Ich stottere herum, weil ich Margarete nicht verärgern möchte. Dennoch frage ich mich immer mehr, wie Mimi zu den Fotos gekommen ist. Ich ziehe mein Handy aus der Tasche und entsperre das Display. »Mimi hat mir das hier geschickt. Und ich wollte fragen, ob Sie auch Behandlungen anbieten.«

Margarete setzt noch einmal ihre Brille auf und betrachtet mein Handy. Dann lacht sie. »Die Mimi wieder mit ihren neumodischen Ausdrücken. Aber freilich, wenn du eine Idee hast, was du gern machen möchtest, dann sag es einfach, ja?«

Wie peinlich. Ich möchte echt mal wissen, was Mimi sich dabei gedacht hat. Also wirklich. Und als Krönung des Ganzen entpuppt sich auch noch Kristof als dieser sture Herr Neubauer, dem ich eine Unterschrift abluchsen soll.

»Kristof, bist du so lieb und trägst der Kati mal die Koffer rauf? Die hat doch so viel Gepäck dabei.«

»Ach, ich schaffe das schon«, will ich einwenden, doch Kristof greift bereits nach meinem Koffer und meinem Beautycase und steigt damit die Treppe nach oben. Mir bleibt nichts anderes übrig, als ihm zu folgen.

»Wenn du was brauchst, sag einfach Bescheid, ja?«, ruft Margarete mir noch hinterher.

Die Treppenstufen knarzen ziemlich verdächtig unter meinen Absätzen, doch darüber kann ich mir in diesem Moment nicht auch noch Gedanken machen. Ich erhasche nämlich einen Blick auf Kristofs Hintern. Okay, knackig ist er, und seine Beine sind auch nicht gerade schlecht. Aber … das geht nicht!

Oben angekommen, biegt Kristof nach links ab, dann stoppt er vor einer Tür, öffnet sie und verschwindet mitsamt meinem Gepäck im Zimmer. Wie ist denn der jetzt da reingekommen? Den Schlüssel habe doch ich!

Als ich nun ebenfalls schnell eintrete, stoße ich prompt gegen Kristof und berühre kurz seine Brust. Oha, ist schon gut hart. Meine Wangen werden ganz heiß. »Sorry, ich … Hast du auch einen Zimmerschlüssel?«

Er zuckt mit den Schultern. »Nein, das Zimmer war nicht abgeschlossen. Kannst du aber gern machen.«

Ich sehe mich um. Tatsächlich ist das Zimmer besser, als ich es erwartet habe. Es ist ziemlich geräumig, ein Sofa mit einem kleinen Tisch steht darin, außerdem ein Fernseher, ein Schrank und ein großes Bett aus hellem Holz. Mit der weiß-rot karierten Bettwäsche, den ebenso gemusterten Gardinen und dem alten Holzboden wirkt es bäuerlich gemütlich und einladend. Und es duftet sehr angenehm nach Wiese und Blüten. Ich nehme einen tiefen Atemzug.

»Das ist Lavendel«, erklärt Kristof. »Wirkt beruhigend. Ich denke, das kann dir nicht schaden.«

Der ist ja echt der Knaller. Er will mich provozieren, ganz klar, aber das kann er vergessen.

Zwei Türen gehen von dem Raum ab. Eine davon steht offen, und ich erkenne ein Waschbecken und cremefarben geflieste Wände. Das Bad also.

»Und was ist da drin?« Ich deute auf die andere Tür, die verschlossen ist.

»Nur eine kleine Küche«, antwortet Kristof. »Mimi meinte, das wäre ganz gut, falls du dich mal selbst verpflegen möchtest.«

Ich nicke. Eigentlich hatte ich erwartet, hier rundum versorgt und bekocht zu werden. Aber gut, wozu gibt es Fertiggerichte? Ich hoffe nur, dass sich in dieser Küche eine Mikrowelle befindet.

»Und dir gehört also der Hof?«, frage ich wie beiläufig und versuche, nicht allzu neugierig zu klingen. »Lebt außer dir und deiner Oma sonst noch jemand hier?«

»Nein, nur wir beide. Es ist ein alter Familienbetrieb. Einfach und schlicht, aber gemütlich. Für die Landwirtschaft bin in erster Linie ich verantwortlich. Wenn gerade viel Arbeit anfällt, nehme ich ein paar Helfer dazu. Meine Oma ist für die Gästezimmer und die Küche zuständig. Und dann haben wir noch einen Hofladen, in dem wir unsere Produkte verkaufen. Mein Opa hat den Laden früher geführt, doch seit seinem Tod machen das meine Oma und ich gemeinsam. Es ist jedenfalls ein Traditionshof, jedes Zimmer hat seine Geschichte. Das hier war übrigens mal das Zimmer meiner Uroma, sie ist hier gestorben.« Er deutet mit dem Kopf auf das Bett.

»Wie bitte?« Ich muss schlucken. Soll das etwa witzig sein?

Kristof macht den Eindruck, als wüsste er nicht, wo mein Problem liegt. »Na ja, das Haus ist sehr alt.

Früher sind die Leute meistens daheim gestorben. Aber keine Sorge, das hier ist schon ein neues Bett, nicht mehr das von damals.«

»Oh Mann, musste das sein?«, fahre ich ihn etwas zu barsch an.

»Was denn?«

»Ich wollte sicher nicht wissen, dass in diesem Zimmer eine alte Frau gestorben ist, deren Geist womöglich noch herumspukt!«

»Ich habe nichts von ihrem Geist gesagt. Gut, ab und zu knarzt es hier schon mal in der Nacht. Aber mach dir nichts draus, Geister im Haus sind nichts Schlechtes. Es heißt, sie beschützen einen und bringen Glück. Alte Bauernregel.«

Oh Gott, das macht es nicht wirklich besser.

»Wie auch immer, danke für die Information. Ich werde dann mal meine Sachen auspacken.« Ich seufze. Das Ganze habe ich mir echt anders vorgestellt. Wie schön wäre jetzt ein entspannendes Bad, ein Begrüßungsdrink oder vielleicht sogar eine Massage. Eines ist sicher: Ich muss schnellstens wieder von hier weg. Doch das geht ja nur, wenn ich so bald wie möglich mit diesem Kerl rede, damit er das Grundstück verkauft.

»Okay, dann viel Spaß erst mal.« Kristof wendet sich ab und verlässt das Zimmer.

Nachdem er die Tür hinter sich geschlossen hat, lasse ich mich erschöpft aufs Bett fallen. Was nun?

Ich werde … ja, ich werde Mimi umbringen. Eine gute Idee. Denn eigentlich ist ja alles ihre Schuld. Da verlässt man sich einmal auf die Leute um einen herum – und dann das. Was soll das überhaupt?

Ich werde sie jetzt anrufen und ihr gehörig die Meinung sagen. Und ich werde …

Mein Handy. Wo ist es nur?

Ich taste meine Hosentaschen ab, eingesteckt habe ich es da nicht. Gut, dann habe ich es sicherlich in die Handtasche gepackt. Ich wühle darin herum, doch auch dort ist es nicht zu finden. Na super, wahrscheinlich ist es mir aus der Tasche gefallen. Hektisch gehe ich zur Tür, öffne sie und …

Da steht Kristof. Mein Herz rutscht gefühlt drei Etagen tiefer, so erschrocken bin ich. »Sag mal, bist du bescheuert?«, rufe ich.

Er lächelt. »Nein, ich bin immer noch Kristof.«

Er ist ja so lustig … nicht.

»Suchst du vielleicht das hier?«, will er wissen und hält mein Handy in die Höhe.

»Ja, Gott sei Dank. Wo hast du es her?«

»Es ist dir vorhin, als das mit deinem Koffer passierte, aus der Tasche gefallen, und ich habe es aus Versehen eingesteckt.« Ja klar, aus Versehen. »Jetzt schau mich nicht so an, als ob ich dein Handy klauen wollte. Jedenfalls dachte ich, ich bringe es dir gleich vorbei. Ihr Stadtmenschen dreht ja beinahe durch, wenn ihr mal auf euer Handy verzichten müsst.«

Ich ziehe die Stirn kraus. »Heute hat doch jeder ein Handy. Du etwa nicht?«

»Doch, aber nicht, um damit mein Essen zu posten.«

Wer weiß, ob das, was bei ihm auf den Teller kommt, so ansehnlich ist, dass man es posten könnte, denke ich. Doch dann wird mir bewusst, dass das auch nicht gerade nett von mir ist, sondern sehr oberflächlich.

Er streicht sich die Haare glatt, und prompt flutet Wärme meinen Bauch. Wie er so dasteht, hat er schon irgendwie was.

Ähm, Katja, geht's noch?

Schnell greife ich nach meinem Handy. »Also danke.«

»Kein Problem.«

Für einen flüchtigen Moment berühren sich unsere Finger, und obwohl ich es gar nicht will, spüre ich erneut ein warmes Gefühl in meiner Magengegend.

»Das mit der Uroma war ein Witz, oder?« Meine Stimme bebt ein wenig, doch ich versuche, es möglichst zu verbergen.

Er hebt eine Augenbraue. »Nein, das war es nicht. Aber ich wusste ja nicht, dass es dich so mitnimmt. Anscheinend war sie eine liebe Frau und hat ihren Enkeln immer Süßigkeiten geschenkt, zumindest wurde mir das so erzählt. Ich denke also nicht, dass sie vorhat, dir was anzutun. Und wer nichts Böses im Sinn hat, der muss sich doch auch vor nichts fürchten, oder?« Sein Blick liegt nun intensiv auf mir.

»Gut, dann vertraue ich mal darauf.«

»Immer locker bleiben. Atme mal eine Weile den Lavendelduft hier ein.«

Ach, wie lustig. Irgendwie scheint sich in seinem Kopf das Klischee festgesetzt zu haben, dass wir Stadtmenschen nicht locker sind. »Ich bin übrigens immer locker. Immer«, sage ich zu meiner Verteidigung.

Jetzt lacht er tatsächlich. »Also dann, viel Spaß und einen schönen, lockeren Urlaub. Ich bin mir sicher, wir werden uns bald wiedersehen.«

Nachdem er den Raum verlassen hat, stehe ich da und atme tief durch. Kristofs Worte geistern noch immer in meinem Kopf herum. *Wer nichts Böses im Sinn hat* … Und ich habe doch nichts Böses im Sinn, oder?

Die Mauern, die man sich selbst auferlegt,
kann man nicht sehen.
Aber fühlen, ja, fühlen kann man sie.

Ich werde es überleben

Etwas später habe ich meine Sachen ausgepackt und sitze in meinem Zimmer an dem kleinen Couchtisch. Vor mir habe ich die Unterlagen ausgebreitet, die ich von Herrn Sillering über das Bauprojekt bekommen habe. Das Grundstück, das der Investor von Kristof haben möchte, liegt gar nicht so weit entfernt vom Hof. Bisher hat es niemand geschafft, mit ihm überhaupt nur ins Gespräch zu kommen. Und ich soll jetzt gleich seine Unterschrift mitbringen. Na toll.

Andererseits bin ich ihm ja schon ziemlich nah gekommen und damit weiter als alle anderen bislang. Das liegt allerdings auch daran, dass er nicht weiß, wer ich bin. Dass ich ausgerechnet auf ihn angesetzt wurde … Klar ist das eine blöde Situation. Aber soweit ich es beurteilen kann, ist das Kaufangebot sehr gut, und Mimi und Kristof werden mir sicher unbewusst auch Informationen liefern. Damit müsste ich es schon schaffen. Wenn jemand ehrgeizig ist, dann ich.

Wie ich den Unterlagen entnehme, kann das Bauprojekt nur umgesetzt werden, wenn Kristof sein Grundstück verkauft. Ein anderes Grundstück kommt wohl nicht infrage. Meine Firma wäre großzügig am Projekt beteiligt – und somit auch ich. Dazu winkt mir noch eine Beförderung. Perfekt.

Ich beschließe, jetzt erst mal Mimi anzurufen. Sie weiß ja noch gar nicht, dass ich gut angekommen bin. Natürlich freue ich mich darauf, sie zu sehen. Zwar würde ich am liebsten ein Hühnchen mit ihr rupfen, weil dieses Haus hier so ganz und gar nicht dem entspricht, was sie mir so vollmundig angepriesen hat. Von wegen Wellness und moderne Ausstattung. Natürlich weiß sie nicht, dass Kristof, dem der Hof auch noch gehört, bei meinem Auftrag eine entscheidende Rolle spielt. Sie denkt ja, ich will hier nur Urlaub machen. Trotzdem frage ich mich schon, wie sie mir solche Fotos und dazu noch diesen Flyer schicken konnte.

Als ich ihre Nummer wähle, dauert es nicht lange, bis sie rangeht.

»Hey. Na, bist du gut angekommen?«

Im Hintergrund zischt es, wahrscheinlich brät sie wieder mal Würste.

»Na ja, ich … ich bin zumindest da. Und jetzt mal raus mit der Sprache: Was hast du dir dabei gedacht, ausgerechnet hier ein Zimmer für mich zu reservieren?«

Kurz ist es still am anderen Ende der Leitung. »Ach, Katjalein, du hast dich sicher erst mal gewundert, weil es ein klein wenig anders aussieht als auf den Bildern. Aber …«

»*Ein klein wenig* ist gut«, falle ich ihr ins Wort.

»Ich weiß, aber ehrlich gesagt musste ich das tun. Ich habe da nämlich was auf dem Herzen. Können wir vielleicht nachher darüber sprechen? Dann wirst du auch verstehen, warum ich das gemacht habe.«

»Okaaay«, antworte ich gedehnt, weil ich mir absolut nicht vorstellen kann, um was es sich handelt.

»Sollen wir uns im *Herbie* treffen? Das ist ein kleiner Biergarten, übrigens der einzige hier.« Mimi lacht, und irgendwie kann ich ihr gar nicht mehr richtig böse sein.

»Na schön, dann machen wir das eben.«

»Ist es denn wirklich so furchtbar auf dem Hof?«

»Na ja, dieser Kristof, der mich abgeschleppt hat, war doch ziemlich nervig.«

»Hat er dich abgeschleppt oder das Auto?« Noch immer kichert sie.

»Das Auto natürlich, was denkst du? Seine Oma Margarete ist dagegen echt nett. Aber ich möchte nun mal hier Urlaub machen, und nach deinen Fotos habe ich auch die eine oder andere Wellnessanwendung erwartet. Das wäre schon noch mal was anderes gewesen.«

»Ich weiß, tut mir echt leid.« Ihre Stimme klingt nun tatsächlich ein wenig geknickt.

»Und stell dir vor, als dieser Kristof mir dann mein Zimmer zeigte, musste er mir natürlich gleich mal unterschieben, dass seine Uroma in diesem Raum gestorben ist. Das fand ich ehrlich gesagt nicht so toll. Erst der Schock mit der Unterkunft und dann das …«

»Aber das bedeutet doch, dass in diesem Haus Glück vorhanden ist.«

Ich rolle mit den Augen. »Okay, ich verstehe, ihr habt hier auf dem Land andere Gepflogenheiten.«

»Tröste dich, mich hat am Anfang auch so manches überrascht.« Sie lacht. »Kristof hat das mit der Uroma sicher nicht böse gemeint. Und Margarete, ja, die ist eine gute Seele, wirklich.«

»Sie nennt mich Kati, aber ansonsten ist sie echt süß.«

»Das ist sie. Also gut, was meinst du, treffen wir uns um sieben im Biergarten? Oder soll ich dich abholen?«

»Ich finde den Weg schon, kein Problem. Schick mir einfach die Adresse, ja?«

Nachdem wir aufgelegt haben, dauert es keine zehn Sekunden, da habe ich die Adresse schon auf dem Handy. Ich checke sie bei Google Maps und stelle fest, dass der Biergarten praktisch gleich um die

Ecke ist. Weil ich noch eine gute Stunde Zeit habe, beschließe ich, zu duschen und mich ein wenig frisch zu machen.

Das Bad ist echt okay, es könnte schlimmer und älter sein. Und es tut mir gut, das warme Wasser auf meiner Haut zu spüren. Ich freue mich jetzt wirklich darauf, Mimi zu treffen, und bin gespannt, was sie auf dem Herzen hat.

Ab morgen werde ich mich dann mit meinem Auftrag beschäftigen. Mal sehen, wie ich mehr über das besagte Grundstück und die Umgebung herausfinden kann. Und auch Kristof werde ich genauer unter die Lupe nehmen.

Als ich fertig angezogen bin, schnappe ich mir meine Handtasche, schlüpfe in ein Paar hochhackige Pumps und verlasse das Zimmer. Vorsichtig stöckle ich die knarzende Treppe hinunter. Unten angekommen, klopfe ich an die Tür zur Küche. Hoffentlich kommt Margarete heraus und nicht …

»Ah, Kristof, du bist's«, sage ich und komme mir dabei ein wenig dämlich vor. »Tut mir leid, wenn ich störe, aber … Ich treffe mich gleich mit Mimi im Biergarten. Funktioniert denn der Zimmerschlüssel auch für die Haustür? Und für das Hoftor?«

»Das Hoftor musst du nur aufschieben, dafür gibt es keinen Schlüssel. Und der für die Haustür hängt beim Zimmerschlüssel mit dran. Der kleinere mit dem roten Punkt.«

Stimmt, darauf hätte ich eigentlich auch selbst kommen können. »Gut, dann mache ich mich mal auf den Weg.«

»Tu das.« Kristofs Blick bleibt an meinen Schuhen hängen. »Damit willst du zum *Herbie* laufen?«

Ich zucke mit den Schultern. »Woher weißt du, wo ich hinwill?«

»Nun, so viele Biergärten gibt es hier nicht.«

»Klar. Laut Google ist das *Herbie* gleich um die Ecke, und eine Frau kann nie genug hohe Schuhe haben.«

Er hebt eine Augenbraue, und um seine Mundwinkel zuckt es verdächtig. »Okay, wenn du das sagst … Also viel Spaß.« Dann wendet er sich ab und geht wieder zurück in die Küche.

Was ist nur los mit mir? Ich muss mich vor Kristof doch überhaupt nicht rechtfertigen. Das muss ich vor niemandem.

Ich öffne die Haustür und trete hinaus, atme die … nicht frische Luft ein. Aber gut, es sind nur ein paar Tage, und die werde ich ja wohl überleben.

Eine Schnapsidee?

»Von wegen gleich um die Ecke«, meckere ich vor mich hin und verfluche Google Maps – oder mich selbst, denn der Weg zum Biergarten ist doch weiter als gedacht. Die direkte Verbindung ist wegen irgendwelcher Bauarbeiten gerade nicht passierbar, aber weder Mimi noch Kristof haben es für notwendig gehalten, mir das zu sagen. So bleibt mir nichts anderes übrig, als noch mal komplett zum Hof zurückzugehen und einen anderen, deutlich längeren Weg zu nehmen.

Auf halber Strecke bleibe ich kurz stehen, um zu verschnaufen. Mit den hohen Absätzen ist es auf diesen unebenen Wegen doch ganz schön anstrengend. Mein Blick gleitet über die Weite der Felder, und auf einmal kommt mir ein Gedanke. Vielleicht ist es ja gar nicht so schlimm, dass ich einen Umweg machen muss. Denn das hier könnte tatsächlich das Grundstück sein, von dem Herr Sillering gesprochen hat. Ein Stück entfernt erkenne ich viele kleinere Bäume und dazwischen einen großen Baum. Mehr ist da nicht. Es ist schön und irgendwie … idyllisch, das muss ich zugeben. Aus einem Impuls heraus zücke ich mein Handy und mache ein paar Fotos.

Kaum habe ich das Telefon wieder eingesteckt, beginnt es zu klingeln, und ich hole es wieder aus der Tasche. Es ist Mimi.

»Hey, wo bist du?«, will sie wissen.

»Das kann ich nicht so genau sagen. Der direkte Weg zum Biergarten war gesperrt, und ich musste noch mal zurück. Das wurde mir bei Google Maps natürlich nicht angezeigt.« Ich seufze tief. »Ich hoffe, dass ich wenigstens jetzt auf dem richtigen Weg bin.«

»Mist, stimmt ja, ich hätte dir sagen müssen, dass man da im Moment nicht durchkommt. Ein ziemliches Durcheinander. Beschreib mir mal, wo du gerade bist.«

Noch einmal sehe ich mich um. »Da sind ganz schön viele Felder«, antworte ich.

Sie lacht. »Du bist ja auch auf dem Land.«

»Ach ja, und da sind ein paar kleinere Bäume und ein großer.«

»Klasse, ich glaube, ich weiß, wo du bist.«

Aha. Sie weiß es – nur wegen ein paar Bäume? Sie würde sich mit dem Baumfreak, mit dem ich neulich ein Date hatte, sicherlich gut verstehen.

»Hör zu.« Mimi ist jetzt richtiggehend in ihrem Element. »Du müsstest gleich an einem schmalen

Weg vorbeikommen, der ist bei Google Maps gar nicht verzeichnet. Wenn du da reingehst, bist du gleich am Ziel.«

»Okay, ja, da ist ein Weg. Also da jetzt rein?«

»Genau. Nach ein paar Metern siehst du dann eine rot blühende Hecke.«

Ich tue, wie mir befohlen – und tatsächlich, da ist die besagte Hecke.

»Suuupeer!«, kreischt Mimi, und ich befürchte schon, den Hörsturz meines Lebens davonzutragen. »Jetzt sind es nur noch wenige Schritte, und du läufst direkt auf den Biergarten zu. Also bis gleich, ja?« Sie schickt mir in ihrer Euphorie noch ein paar Küsschen durch die Leitung, dann legen wir auf.

Als ich den Biergarten schließlich betrete, winkt Mimi mir schon von Weitem zu. Es sieht hier gar nicht mal so übel aus. Alles wirkt recht einladend und sauber. Ein weiß gestrichenes Gebäude mit den für die Gegend typischen Malereien um die Fenster. Davor alte Bäume, die Schatten spenden, große Kübel mit üppig blühenden Geranien und urige, gemütlich aussehende Holzmöbel – nicht die Standard-Biertische, wie man sie öfter mal in Biergärten vorfindet.

Einige Gäste tummeln sich bereits an den Tischen. Ein paar ältere Herren in Tracht, eine Gruppe von Frauen, ein junges Pärchen mit einem Baby – und Mimi, die immer noch winkt. Jetzt steht sie auf und kommt mir freudestrahlend entgegen. Wenige Sekunden später fallen wir uns auch schon um den Hals.

»Ahhh, ich freue mich so, dich zu sehen!«, ruft sie, und ich muss zugeben, dass es mir genauso geht.

Irgendwie fühle ich das in diesem Augenblick viel mehr als sonst. Am Telefon hören wir uns zwar beinahe täglich, aber es ist doch etwas anderes, einen Menschen, den man mag, in die Arme zu schließen, ihn zu riechen, zu spüren und ihm nah zu sein.

»Und, was willst du trinken?«, fragt sie, während wir uns an ihren Tisch setzen. »Ich schlage Bier vor. Frisch vom Fass.«

»Meinetwegen.« Ich zucke mit den Schultern.

Mimi hebt die Hand, und eine Frau kommt zu uns an den Tisch. Sie ist schon etwas älter, von stämmiger Statur und sonnengebräunt. Sie lächelt breit. »Servus, Mimi, was darf's denn sein?«

»Servus, Eva. Zwei Weißbier bitte.«

»Wird gemacht. Und du bist die Katja aus der Stadt, richtig? Mimi hat am Stammtisch schon von dir erzählt. Schön, dass du da bist.« Die Frau wendet sich ab und eilt ins Innere des Gebäudes, wo sich vermutlich auch die Küche befindet.

»Das war Eva Kreissler, sie betreibt das Lokal zusammen mit Herbert, ihrem Mann. Deswegen auch der Name *Herbie* für den Biergarten«, erklärt Mimi.

»Aber jetzt erzähl, hast du dich schon ein bisschen eingelebt? War der Geist der toten Uroma schon da?«

Ich muss lachen. »Nein, nein, alles gut. Eingelebt wäre übertrieben, aber die Dusche war zumindest schon mal okay. Und wenn ich mir nicht dauernd Gedanken über Geister machen muss, wird das schon. Auch wenn ich echt was anderes erwartet habe. Das musst du mir sowieso gleich erklären.«

»Klar, das mache ich. Aber ich kenne dich. Hättest du gewusst, was dich erwartet, wärst du am Ende womöglich gar nicht gekommen.«

Ich winke ab. »Unsinn.«

»Doch jetzt erst mal zu Kristof. Wie findest du ihn denn?«

»Kristof? Er ist … na ja, gewöhnungsbedürftig, aber im Großen und Ganzen wohl auch in Ordnung. Mal sehen, wie es wird.«

»Komm, gib es zu. Er ist schon attraktiv, oder?« Sie zwinkert mir zu.

Aha, erwischt. Entsetzt sehe ich sie an. »Das ist nicht dein Ernst! Hast du mir deswegen dort ein Zimmer gebucht? Du willst mich mit ihm verkuppeln?«

»Nein, ähm …«

Zu Mimis Glück kommt in diesem Augenblick Eva zurück und stellt die Biergläser vor uns ab. »Lasst's euch schmecken«, sagt sie.

Ich freue mich wirklich, jetzt etwas zu trinken zu bekommen. Der Weg hierher hat mich durstig gemacht. Außerdem grummelt mein Magen. »Haben Sie auch eine Speisekarte?«, frage ich. »Ich würde gern eine Kleinigkeit essen.«

Eva nickt und deutet auf eine Schiefertafel, auf der mit Kreide verschiedene Speisen notiert sind. »Eine Schlachtplatte hätten wir heute da. Und Würstel mit Bratkartoffeln und gemischtem Salat. Die Kartoffeln hat der Kristof ganz frisch geliefert. Oder bist du am Ende Vegetarierin? Dann hätten wir halt nur die Bratkartoffeln und den gemischten Salat.«

Ich winke ab. »Das ist kein Problem, ich esse tatsächlich Fleisch.«

»Wir nehmen Würstel, Bratkartoffeln und Salat«, schaltet sich nun Mimi ein. »Und dann auch noch eine Brotzeit, wenn das geht.«

Eva nickt. »Freilich, das bringe ich euch alles.«

»Glaub mir, das Holzofenbrot ist der Hammer, das backen die hier selbst«, erzählt Mimi, nachdem Eva gegangen ist. »Auch das Griebenschmalz ist klasse und die Würste sowieso. Die sind ja aus unserer Metzgerei.«

Ich lächle. »Na, dann bin ich mal gespannt. Ich wollte ja schon lange deine Würste probieren.«

Mimi schickt mir ein Luftküsschen und hebt ihr Bierglas. »Also, auf eine schöne Zeit, die Würste und das Land.«

»Auf uns«, antworte ich. Schon klirren unsere Gläser aneinander.

Bereits der erste Schluck erfrischt mich, und ich muss zugeben, dass das Bier wirklich lecker schmeckt. Das hätte ich so nicht erwartet.

Mimi räuspert sich ein paarmal. »Ach ja, ich muss dir ja noch was beichten.«

Jetzt kommt es, ich sehe es ihr an. »Na los, dann erzähl mal. Was hast du auf dem Herzen?«

Okay, allmählich verstehe ich, was Mimi von mir will. Da bin ich aber in einer ziemlichen Bredouille gelandet.

»Der Hof ist einfach toll«, schwärmt sie noch immer. »Kristof könnte viel mehr Gäste haben, wenn er das Ganze anders anginge. Er hat leider Geldprobleme, und irgend so ein Bauunternehmen sitzt ihm im Nacken. Sie wollen hier alles verändern und machen ganz schön Druck. Meine Idee ist, alles so zu gestalten wie auf dem Flyer. Was denkst du, könntest du uns dabei helfen? Ich habe das mal einfach so zusammengebastelt, aber du bist darin viel fitter als ich. Vielleicht könntest du Kristof ja wenigstens ein bisschen beraten, das würde ihn schon mal weiterbringen.«

Das könnte ich in der Tat, doch leider bin ich in einer ganz anderen Mission hier. Ich muss Kristof davon überzeugen, sein Grundstück zu verkaufen.

Ach Mensch, da stecke ich mal ganz tief im Schlamassel.

»Kristof meinte zwar, er findet das Ganze nicht so gut«, erzählt Mimi weiter, »doch ich weiß, wie es um ihn und den Hof steht. Er hat es Benno verraten. Ich denke, es könnte so einfach sein. Das Gebäude ist ja schon vorhanden, das müsste man eben ein bisschen modernisieren. Zudem gibt es dieses unfassbar schöne Grundstück, das überhaupt nicht genutzt wird. Aus alldem müsste sich doch was machen lassen.« Sie legt ihre Hand auf meine. »Mit deiner Hilfe wird es funktionieren, da bin ich mir sicher. Du bist so fit in den sozialen Medien und wenn es darum geht, Marketingkonzepte zu erstellen. Ich finde eh, dass du in deiner Firma völlig fehl am Platz bist, denn du kannst so viel mehr, als nur Häuser zu verkaufen. Was meinst du? Der Ort und die Landschaft sind schön, es gibt gutes Essen, und man kann sich optimal erholen. Ja, ich weiß, du und das Land – das ist eine Beziehung, die sich erst noch entwickeln muss. Aber im Ernst, lass dich einfach mal drauf ein. Jetzt hast du doch Zeit dafür. Kristof und Margarete hätten es so sehr verdient, mit ihrem Hof Erfolg zu haben. Und dem Ort würde es auch guttun …«

Ich höre ihr zu, wie sie ohne Punkt und Komma redet, und mein Kopf dreht sich. Na toll. Das ist also der Plan. Da wäre es mir ja fast lieber, wenn sie mich nur verkuppeln wollte. Meinetwegen auch mit Kristof. Mist, wie komme ich da jetzt wieder raus? Auf der einen Seite soll ich mehr über Kristof herausfinden, um ihn zu schwächen, damit er sein Grundstück hergibt. Doch auf der anderen Seite soll ich ihm helfen?

Während ich noch überlege, was ich jetzt antworten soll, kommt Eva mit dem Essen, das absolut köstlich aussieht. Wir bestellen jede noch ein Bier.

Nachdem Eva wieder gegangen ist, kommt Mimi sofort wieder auf ihren Plan zu sprechen. Schade, ich habe gehofft, dass sie mir nun einen langen Vortrag über ihre Würste hält, aber selbst die scheinen gerade nicht so wichtig zu sein.

»Also, was sagst du, Katjalein? Könntest du dir vorstellen, uns zu helfen? Oder wenigstens mal mit Kristof darüber zu reden?«

»Na ja«, antworte ich zögernd, während ich mir eine Wurst und Bratkartoffeln von der Platte nehme, »ich bin ja eigentlich hier, um Urlaub zu machen. Du meintest schließlich auch, dass ich mich amüsieren und … Landkerle ausprobieren soll.«

Sie lacht. »Ja, ich weiß. Aber Kristof ist doch auch ein Kerl von Land.«

Was soll ich jetzt tun? Ich kann ihr doch nicht sagen, warum ich wirklich hier bin. »Ich denke darüber nach, okay?«

»Ist das ein Ja?«

»Oh Mann, gut, ich kann ja mal mit Kristof darüber reden. Natürlich nur ganz unverbindlich.«

Ein Strahlen breitet sich auf Mimis Gesicht aus. »Ich habe gewusst, dass ich mich auf dich verlassen kann. Danke, du bist echt die Beste.«

Um Zeit zu gewinnen, nehme ich mir ein Stück Brot und gebe ein wenig Griebenschmalz darauf.

»Und? Das Brot ist megalecker, oder?«

Mimi hat recht. Das Brot schmeckt unglaublich frisch und würzig, und zusammen mit dem Schmalz ist es eine echte Delikatesse.

Dennoch steckt mir gerade ein Kloß im Hals. Denn das Ganze hat schon einen bitteren Nachgeschmack. Aber wenn ich es richtig verstanden habe, ist Kristof selbst gar nicht so begeistert von der Idee. Also warte ich doch erst mal ab.

»Wirklich gut«, antworte ich nur.

»Also, ich finde das echt cool von dir. Alles.« Es scheint Mimi einiges zu bedeuten. Keine Ahnung, warum.

»Aber ich kann dir nichts versprechen«, entgegne ich. »Nehmen wir zum Beispiel den Hof. Er ist alt, mein Zimmer ist zwar schön, trotzdem fehlt da noch einiges. Es müsste viel moderner sein, um zahlungskräftige Gäste anzulocken. Ich weiß auch gar nicht, wie die anderen Zimmer aussehen. Und natürlich sollte man auch Wellnessangebote haben und etwas für Familien.«

»Deswegen ja meine Idee mit dem ungenutzten Grundstück. Man könnte so viel daraus machen.«

Ich nicke. »Schon, aber das alles kostet auch Geld.«

»Natürlich, doch wenn wir nichts unternehmen, steht es nur leer da. Und mal unter uns: Es gibt heute so viele Geier, die nur darauf warten, den Bauern ihre Grundstücke abzuluchsen. Kristof muss nur mal dazu überredet werden, ein wenig umzudenken. Ich bin mir sicher, wenn du ihm klarmachst, dass daraus etwas Gutes entstehen kann, ist allen geholfen. Hier im Ort haben die Leute keine Lust auf geplante Wohnungen im großen Stil.«

»Okay, und warum?«

»Du weißt doch, wie das ist. Jede freie Grünfläche wird bebaut!«

»Schon. Aber immerhin herrscht Wohnungsmangel …«

»Den man jedoch auch anders lösen kann. Die teuren Neubauwohnungen können sich sowieso nur Reiche leisten. Normale Familien sicher nicht!«

Sie hat schon recht, das muss ich zugeben.

In diesem Moment beginnt Mimis Handy zu klingeln. Als sie die Nummer auf dem Display sieht, strahlen ihre Augen. »Da muss ich mal schnell rangehen, das könnte was Wichtiges sein.« Sie nimmt das Gespräch an. »Ja, Mimi Langner, genau die bin ich.« Während sie ihrem Gesprächspartner zuhört, erhellt sich ihr Gesicht immer mehr. »Wirklich? Natürlich bin ich dabei, ich springe gern ein. Wann soll das sein? … Super. Ich schreibe sofort alles auf. … Ich freue mich so, vielen Dank!«

Kaum hat sie aufgelegt, sprudeln die Worte aus ihr heraus. »Oh mein Gott, ich bin bei den Dreharbeiten für die Landfrauen dabei!«

Fragend hebe ich eine Augenbraue.

»Du kennst die Landfrauen nicht?«

Ich schüttle den Kopf. Ein wenig bekannt kommt mir die Sache allerdings schon vor. »Warte, sagtest du neulich nicht, dass du dich irgendwo beworben hast?«

»Ja, genau. Das ist so eine Fernsehsendung, bei der es um das Leben auf dem Land geht, vor allem ums Essen und um alte Traditionen. Und ich darf dabei sein! Ich freue mich schrecklich. Es ist zwar echt kurzfristig, doch das bekomme ich schon hin. Ich kann es nicht fassen, das muss ich gleich Benno erzählen!« Auf einmal verzieht sie das Gesicht. »Mist. Ich wäre drei Tage weg, ausgerechnet jetzt. Da überrede ich dich, endlich mal hier Urlaub zu machen, und dann bin ich gar nicht da.«

Ich winke ab. »Hallo, wenn das so wichtig für dich ist, dann fährst du natürlich. So eine Chance bekommst du so schnell nicht wieder. Und mach dir meinetwegen mal keine Gedanken, ich werde mich schon selbst beschäftigen.«

Ob es Zufall ist oder Schicksal? Immerhin wird es so für mich einfacher.

Natürlich ist Benno der Erste, den Mimi anruft, um ihm die freudige Nachricht mitzuteilen. Danach schickt sie eine kurze Mail an die Produktionsfirma, die noch ein paar Daten von ihr benötigt. Nachdem alles erledigt ist, widmen wir uns weiter unserem Essen und dem Bier.

Mittlerweile hat die Dämmerung eingesetzt. Zwischen den Ästen der Bäume baumeln Lichterketten mit unzähligen Lämpchen und sorgen zusammen mit bunten Lampions für eine angenehme Beleuchtung. Aus den Lautsprecherboxen, die an der Hauswand montiert sind, erklingt leise Loungemusik. Ich weiß nicht, was ich erwartet habe - vielleicht Blasmusik oder etwas in der Art -, jedenfalls bin ich positiv überrascht.

Die entspannte Atmosphäre überträgt sich allmählich auch auf mich. Ich sollte mir jetzt nicht so einen Kopf machen. Es weiß doch niemand, warum ich wirklich hier bin. Und wenn ich mich Mimis Schnapsidee - denn das ist es in meinen Augen - nicht gleich verschließe, ist es am Ende wahrscheinlich sogar noch leichter, mit Kristof ins Gespräch zu kommen.

Vorerst ist die Rettung des Hofes allerdings kein Thema mehr, denn Mimi erklärt mir noch mal ganz genau, worum es bei dieser Fernsehproduktion geht. Ich merke, dass sie mit Feuereifer bei der Sache ist, und freue mich ehrlich für sie. Zudem scheint sie hier auf dem Land wirklich ihr Glück und ihre wahre Bestimmung gefunden zu haben – und wenn dazu auch gehört, eifrig Werbung für ihre Bratwürste zu machen.

»Benno hat immer gesagt, wenn ich es machen möchte, dann soll ich mich bewerben«, erzählt sie jetzt freudestrahlend. »Ich hätte niemals gedacht, dass es klappt. Ach, Benno ist schon ein toller Mann, er unterstützt mich so sehr in allem, was ich tue.«

»Da hast du Glück, so was findest du bei einem Mann wirklich selten«, sage ich und seufze tief.

»Unsinn, es gibt viele tolle Männer. Aber wenn ich daran denke, nach was für Typen wir früher immer Ausschau gehalten haben ... Und es ist wirklich so, dass man erst ein paar Frösche küssen muss, um den Prinzen zu finden.«

»Wobei das mit dem Prinzen auch veraltet ist«, gebe ich zu bedenken.

»Das stimmt schon, wir müssen ja nicht gerettet werden. Aber geliebt werden möchten wir doch, oder? Auch wenn wir Frauen heute meist gut allein klarkommen, ist es einfach schön, einen Partner zu haben, der einen liebt und einem den Ort gibt, an dem man sich zu Hause fühlen kann. Benno hat mir diesen Ort gegeben, beziehungsweise wir haben ihn uns gemeinsam geschaffen. Ich wünsche das wirklich jedem Menschen auf der Erde, egal wem. Ob es Menschen in der Stadt sind, ob sie sich auf dem Land oder wo auch immer wohlfühlen – wenn das Herz ein Zuhause gefunden hat, dann spürt man das schon. Liebe ist doch das, worauf es ankommt. Ganz einfach.«

Das sind in der Tat schöne Worte. Ich gebe zu, auch wenn ich in meinem Leben gut allein zurechtkomme, wünsche ich mir schon hin und wieder, einen solchen Ort zu haben und einen Menschen, der mir Ruhe gibt.

Irgendwie ist das mit der Ruhe eine merkwürdige Sache für mich. Ich bin es gar nicht gewöhnt, Ruhe zu haben, und kann auch nicht so recht damit umgehen. Aber Mimis Worte sind schon richtig. Dieses Zuhause im Herzen ist es, was zählt. Doch bisher bin ich nicht wirklich zu dieser Erfahrung gekommen. Gut, in Nürnberg lebe ich jetzt auch schon seit zwei Jahren und fühle mich wohl. Dennoch komme ich praktisch nie zur Ruhe.

Nachdenklich nicke ich. »Ja, die Liebe …«

»Auch du wirst die Liebe finden«, sagt Mimi leise. In ihren hellblauen Augen erkenne ich ein Funkeln. »Oder sie findet dich, ganz unerwartet. So ist die Liebe nämlich.«

»Na ja, die Exemplare, die ich bisher hatte …« Ich winke ab. »Wenn ich da an den letzten Typen denke … Dass ich gut zu bearbeiten sei, hatte mir zuvor auch noch keiner gesagt.«

Mimi kichert, doch dann wird sie gleich wieder ernst. »Das alles gehört dazu, damit man erkennt, was man nicht möchte. Daran glaube ich.«

Seit Mimi Benno hat, glaubt sie wirklich unerschütterlich an die Liebe und sieht in allen Situationen immer nur das Beste. Selbst den Fröschen, die ich bislang geküsst habe, kann sie etwas Gutes abgewinnen.

»Übrigens ist das jetzt *die* Gelegenheit für dich«, meint sie. »Kristof ist ein guter Kerl und sexy noch dazu. Und er ist ein Landmann, den du ja eh auf deiner Liste stehen hast. Wer weiß, am Ende ist die Liste damit abgeschlossen, weil du keinen anderen mehr willst als ihn. Und … Oh!« Sie schlägt sich die Hand auf den Mund, und ich wende schnell den Kopf zur Seite.

Direkt neben unserem Tisch steht Kristof. Wie hat der sich denn so einfach herangeschlichen?

»Sorry, ich wollte nur kurz Hallo sagen, war gerade in der Nähe.« Erst ist sein Blick merkwürdig, aber mit einem Mal grinst er. Hat er doch etwas von Mimis letzten Worten mitbekommen? Mist, wie peinlich.

»Wie schön, dich zu sehen.« Als wäre nichts gewesen, steht Mimi auf und umarmt ihn. »Katja kennst du ja schon. Und ich habe zwei tolle Neuigkeiten. Gerade habe ich einen Anruf von der Produktionsfirma bekommen, ich bin tatsächlich bei der Landfrauensendung dabei!«

»Das ist klasse, ich freue mich für dich«, antwortet er lächelnd. »Und was ist die andere tolle Neuigkeit?«

Sie zeigt auf mich. »Katja natürlich. Ich habe ihr von meiner Idee mit dem Hof und dem Grundstück erzählt. Stell dir vor, sie hat sich bereit erklärt, dir zu helfen.«

Er mustert mich einen Moment. Ich muss zugeben, Begeisterung sieht anders aus. »Wirklich? Ach, Mimi, das ist echt lieb von dir gemeint, aber …«

Sie hebt die Hand. »Kein Aber. Komm, setz dich, dann können wir gleich ein paar Dinge besprechen. Wie ihr das Ganze angehen könnt zum Beispiel. Katja hat zwar Urlaub, doch wie ich sie kenne, kann sie ganz ohne Arbeit sowieso nicht sein. Du könntest ihr also ruhig schon mal alles zeigen.«

Während Mimi mir zuzwinkert, sieht Kristof mich an und schluckt. Er scheint von den Vorschlägen meiner Freundin nicht allzu angetan zu sein, aber vielleicht ist das gerade mein Glück. Oder ist es besser, wenn ich mit ihm über Mimis Idee rede, um nebenbei mehr herauszufinden? Ach, ist das nervig.

»Ich könnte Katja zum Beispiel zeigen, wie man einen Zaun, den man umgefahren hat, repariert. Das wäre im Urlaubsprogramm dann so eine Art Abenteuerausflug«, bemerkt Kristof trocken, und ich verdrehe die Augen.

»Was für ein Zaun?«, will Mimi wissen.

»Hat Katja das nicht erzählt? Sie ist in meinen Zaun gefahren, den ich ganz frisch montiert hatte.«

»Das war keine Absicht, sondern ein Versehen«, verteidige ich mich. »Ein Missgeschick, ich musste etwas Großem ausweichen und …«

»Etwas Großem?«, hakt Mimi neugierig nach. »Einer Kuh?«

Kristof grinst. »Das wäre ja noch verständlich. Nein, sie ist einem Kuhfladen ausgewichen.«

Mimi sieht mich mit weit aufgerissenen Augen an.

»Das Ding war riesig«, erkläre ich.

»Wie auch immer.« Mimi wedelt mit der Hand in der Luft herum. »Jetzt mal im Ernst, Kristof. Katja gehört doch zu der Zielgruppe, die du zukünftig mit deinem Hof ansprechen willst. Sie möchte Urlaub machen und ein paar schöne, erholsame Stunden verbringen. Mit allem, was dazugehört: Landgefühlen, Dauerromantik, Feldern und Wiesen, der unendlichen Weite. Und dazwischen auch mal mit der einen oder anderen Wellnessbehandlung …«

»Einem Milchbad zum Beispiel«, bemerkt Kristof.

Ich rolle mit den Augen. »Du solltest nicht von dir auf andere schließen. Nicht alle Leute finden das albern. Manche sind sogar bereit, Geld dafür hinzulegen.«

Mimi nickt eifrig. »Glaub mir, Katja ist super darin, Konzepte zu entwickeln. Marketing, Pressearbeit und das ganze Drumherum. Und in den sozialen Medien ist sie auch ein Ass. Da macht ihr so schnell keiner was vor. Wenn Katja etwas will, bekommt sie es auch. Ihr Name steht im Duden gleich neben dem Begriff *Ehrgeiz*. Was dir und deinem Hof nur helfen kann. Aber dazu solltest du ihr zeigen, wie es auf so einem Hof zugeht. Und dann könnt ihr gemeinsam überlegen, was man daraus machen könnte …«

Mimi redet wieder wie ein Wasserfall, doch ich klinke mich nun langsam, aber sicher gedanklich aus. Ich frage mich echt, warum ich mir das antue. Wäre das ein normaler Urlaub, wäre ich schon längst wieder weg. Doch ich habe einen Auftrag zu erledigen, und außerdem möchte ich Mimi nicht vor den Kopf stoßen.

»Mal ehrlich, Kristof«, sagt Mimi jetzt. »Katja kann dir da wirklich zur Hand gehen. Zeig ihr, wie schön das Leben auf so einem Hof und auf dem Land im Allgemeinen sein kann. Das wird bestimmt besser, als du glaubst. Du willst doch auch, dass der Hof weiterbesteht. Und nach allem, was …«

Abrupt hebt Kristof die Hand und wirft ihr einen säuerlichen Blick zu, mit dem Ergebnis, dass Mimi nun tatsächlich verstummt.

»Also gut, meinetwegen«, antwortet er mit einem Mal. »Wenn du dir was in den Kopf gesetzt hast, ist man sowieso chancenlos.«

»Genau, und du wirst mir dafür noch dankbar sein.«

Kristof hat allen Ernstes eingelenkt? Damit habe ich nicht gerechnet. Mimi hat ihn ja auch lange genug bearbeitet. Trotzdem würde ich schon gern wissen, was sie mit »nach allem« gemeint hat.

Doch ich komme nicht dazu, Mimi danach zu fragen, denn genau in diesem Augenblick taucht Eva an unserem Tisch auf. »Darf's noch was sein?«

»Ja!«, ruft Mimi. »Drei Schnäpse. Zaubertrank. Wir haben was zu feiern!«

Zaubertrank?

Eva scheint schon mit so etwas gerechnet zu haben, denn auf ihrem Tablett stehen drei Schnapsgläschen und eine Flasche mit einer klaren Flüssigkeit. Nachdem sie uns eingeschenkt hat, mustere ich mein Glas von allen Seiten. Ein Zaubertrank, aha.

»Das ist was richtig Gutes von Kristof«, erklärt Eva mir.

Wir heben die Gläser und stoßen an.

»Also«, sagt Mimi, »dann trinken wir auf ein aufregendes Projekt, auf Katjas Urlaub, der so was von besonders werden wird. Und auf die Landfrauen.«

Vorsichtig nippe ich an meinem Glas und bin mehr als positiv überrascht. Verdammt, dieses Zeug ist echt gut. Was ist das? »Lecker«, sage ich nur, ehe ich ein weiteres Schlückchen nehme.

Kristof sieht mich an. »Das ist von unserem Hof. Ein Zaubertrank, nach dem Rezept meines Urgroßvaters.«

»Echt? Wirklich sehr gut. Und den verkaufst du also?«

Ich bekomme keine Antwort auf meine Frage, denn nun gesellt sich Benno zu uns. Wenn ich Mimi vorhin richtig verstanden habe, ist er gekommen, um sie abzuholen.

»Na, alles gut?« Er winkt Kristof und mir zu und drückt Mimi einen Kuss auf die Lippen. Nachdem er sich neben sie gesetzt hat, legt er ihr den Arm um die Schultern. »Wir hatten heute Schlachttag, das ist immer ziemlich viel Arbeit«, erzählt er. »Ihr trinkt Schnaps? Ich bin dabei. Eva, noch eine Runde!«

Nachdem Eva Nachschub gebracht hat, heben wir erneut unsere Gläser.

»Trinken wir auf Mimi«, sagt Benno. »Ich bin echt so was von stolz auf sie.«

»Ja, einer geht noch«, kichere ich ungewollt, denn ich spüre schon recht deutlich die Wirkung des Alkohols. Ich bin eigentlich kein Fan von Schnaps, aber der ist wirklich lecker.

Allmählich wird es Zeit, aufzubrechen. Auch wenn es durchaus gemütlich ist, unter den Bäumen mit den vielen Lichtern zu sitzen und die laue Sommerluft einzuatmen, die so gar nicht nach Land, Kühen oder Mist riecht, sondern … ja, irgendwie blumig. Mit einem Hauch von Bier, Brot und Schmalz.

Als wir aufstehen, merke ich schon, dass ich etwas wackelig auf den Beinen bin. »Du kannst ja zusammen mit Kristof gehen«, schlägt Mimi vor, während wir uns vor dem Biergarten voneinander verabschieden.

»Eine gute Idee«, pflichtet Benno ihr bei.

»Das habt ihr euch schön ausgedacht«, antwortet Kristof und blickt zu mir. Dann lächelt er. »Aber klar gehen wir zusammen. Wir haben ja den gleichen Weg.«

Mimi umarmt mich. »Ach, es war so schön mit dir. Und bitte entschuldige noch mal, dass ich zu diesem Fernsehdreh fahre.«

»Kein Problem, das habe ich dir doch vorhin schon gesagt«, entgegne ich. »Wir telefonieren morgen, ja?«

»Klar, das machen wir.«

Ich sehe Mimi und Benno nach, bis sie um die nächste Häuserecke gebogen sind. Der Anblick der beiden, wie sie Hand in Hand davonschlendern, weckt in mir eine Sehnsucht, die ich noch nie so offensichtlich verspürt habe wie in diesem Moment. Ob da womöglich doch die Landluft ihre Finger im Spiel hat?

Das beste Testobjekt

Ich bin noch ganz in Gedanken versunken und schrecke auf, als ich neben mir ein Räuspern höre. Natürlich, Kristof ist ja auch noch da und wartet auf mich. Es ist wohl wirklich das Beste, zu dieser fortgeschrittenen Stunde mit ihm gemeinsam zum Hof zurückzugehen.

Schon nach wenigen Schritten beginnen meine Füße plötzlich zu schmerzen. »So ein blöder Boden hier«, fluche ich. Ich muss mich höllisch konzentrieren, um nicht in die Schlaglöcher zu treten, die sich gefühlt pausenlos vor mir auftun. Echt jetzt. Schon mal was davon gehört, dass man Straßen auch asphaltieren kann?

Im Schein der Straßenlaterne sehe ich, dass Kristof grinst. »Der Boden kann nichts dafür«, sagt er, »sondern dein Schuhwerk.«

Genau, diesen Spruch musste er ja bringen.

»Ich bin gefühlt mit solchen Schuhen auf die Welt gekommen«, entgegne ich selbstsicher, »und habe schon einige Böden damit betreten, selbst das Kopfsteinpflaster in der Stadt. Aber dieser Boden hier ist echt doof.«

»Doof? Na dann …«

Ich bin gerade noch daran, mir eine möglichst intelligente Antwort zu überlegen, als ich mit meinem Absatz in einem Loch stecken bleibe, ins Wanken gerate und …

Kristof fängt mich auf. Glück gehabt. Ach, die lieben Klischees …

»Danke«, flüstere ich, während ich noch in seinen Armen liege. Okay, er riecht ganz schön gut.

»Willst du die Schuhe nicht ausziehen?«

Entgeistert sehe ich ihn an. »Und dann? Dann reiße ich mir die Haut auf, bekomme eine Blutvergiftung und sterbe womöglich!«

Kristof wiegt den Kopf hin und her. »Nun, das könnte passieren, bei all den Missgeschicken, die du so fabrizierst.«

Noch immer sind wir uns ziemlich nah. Aber dann lösen wir uns voneinander, und ich stöckle weiter neben Kristof her.

Der Mond steht groß und hell am Himmel über uns. Auch die Sterne sehen viel klarer aus als in der Stadt. Irgendwie wirkt das gerade ziemlich romantisch, das muss ich schon zugeben.

»Wow«, entfährt es mir. Ich halte inne und blicke in den Himmel. »Wie hell die Sterne sind. Das habe ich so noch nie gesehen.«

Auch Kristof ist neben mir stehen geblieben. »Klar sind die hier auf dem Land heller. In der Stadt gibt es ja viel mehr Lichter, die stören.«

»Schon irgendwie schön, oder?«

»Sehr schön sogar!«, antwortet er, und ich wende ihm mein Gesicht zu.

Oh, oh. Es könnte schon romantisch sein. Das sollte es aber nicht, oder? Ich bin ganz ehrlich ein bisschen bedüdelt von der Landluft und den Schnäpsen und …

Schnell weitergehen, Katja!

»Ist es noch sehr weit?«, frage ich, um das Gespräch auf ein anderes Thema zu lenken. Doch schon nach ein paar Metern zucke ich zusammen und bleibe erneut stehen. Irgendwas ist da gerade an uns vorbeigehuscht. »Was war das?«, presse ich hervor und halte den Atem an.

»Was meinst du?« Im Gegensatz zu mir ist Kristof die Ruhe selbst.

Da bewegt es sich wieder. Vor uns auf dem Feld. »Der Schatten da, was ist das?«

»Hm, das könnten verschiedene Dinge sein.«

»Und was genau?«

»Ein Wolf, ein Reh, ein Hase, ein Marder, eine Ratte …«

»Was? Das läuft hier alles frei herum?«

Kristof lacht. »Wir sind auf dem Land, da gibt es nun mal Tiere.«

»Aber Wölfe doch nicht, oder?«

»Warum nicht? Die kommen derzeit auch wieder zurück. Doch ich vermute eher, dass es ein Hase oder ein Marder ist.«

So unauffällig wie möglich atme ich auf. »Okay, dann bleibt der hoffentlich auch dort, wo er ist, und rennt nicht ausgerechnet jetzt auf die Straße. Ist es denn noch weit?«

»Nein, nur noch um die nächste Ecke.«

Wir gehen noch ein paar Meter, biegen um die Ecke, und tatsächlich kommt schon der Hof in Sicht.

»Was passiert eigentlich, wenn ein Marder zu den Hühnern oder den Kühen in den Stall eindringt?«, will ich wissen.

»Ich habe da so ein Warnsystem, alles gut.« Kristof schiebt das hölzerne Tor zur Seite, und wir betreten das Hofgelände.

Vor der Haustür bleiben wir kurz stehen. Eine Sache brennt mir auf der Zunge. »Also, wegen dieser Idee da. Ich weiß, Mimi meint es nur gut. Doch ehrlich gesagt wirkst du auch nicht allzu begeistert, das kannst du mir gegenüber ruhig zugeben. Aber … steht es denn wirklich so schlecht um den Hof?«

Kristof sieht mich an, sein Blick wirkt skeptisch. Ups, hätte ich das nicht fragen sollen? »Wie kommst du darauf?«

Ich winke ab. »Keine Ahnung, war nur so ein Gedanke …«

»Mimi meinte, es wäre eine tolle Möglichkeit. Man könnte so viel aus dem Hof machen, und du wärst da sehr gut drin. Wir können ja mal ganz unverbindlich darüber reden.«

»Ja, ich bin da auch gut drin, ehrlich.«

Er grinst. »Ich hoffe, du stellst dich besser an als beim Autofahren.«

»Haha, echt witzig. Wie schon gesagt, das war ein blödes Missgeschick, mehr nicht.«

»Ein Missgeschick, soso.« Kristof sieht mich intensiv an. »Ich würde es anders formulieren. Du bist lieber in meinen neuen Zaun gefahren als mit deinen Reifen in einen Kuhfladen.«

»Sag ich doch, ein Missgeschick. Daran war nur dieser doofe Kuhfladen schuld. Und überhaupt, wie kann man sich so sehr an dieser Sache festbeißen? Als wäre dir noch nie irgendwas Blödes passiert.«

Gerade war sein Blick noch irgendwie … innig, doch jetzt grinst er schon wieder. Ich muss zugeben, er riecht echt gut. Die Luft, die jetzt am Abend deutlich frischer ist als am Tag, vermischt sich mit dem Duft seines Aftershaves. Herb und männlich. Überhaupt sieht er im Mondlicht ziemlich attraktiv aus.

»Also gut«, er räuspert sich, »dann wünsche ich dir einen schönen Urlaub bei uns – ohne weitere Missgeschicke.«

Ich nicke. »Danke. Wobei ich es mir ehrlich gesagt schon etwas anders vorgestellt habe.«

»Ich weiß, der nette kleine Wellnesshof mit Milchbad und Begrüßungscocktail. Stehen da die Leute wirklich drauf?«

»Manche schon. Als Mimi mir mit diesen fingierten Fotos den Aufenthalt hier schmackhaft machen wollte, war das ein entscheidendes Kriterium, dass ich zugesagt habe.«

»Und genau da liegt das Problem«, entgegnet er. »Was sind das für Menschen heute? Sie wollen auf nichts verzichten, auf dem Land alle Annehmlichkeiten genießen, eine Kuh streicheln und dann auch noch ein leckeres Kalbsschnitzel essen. Doch wie es ist, wenn das Tier geschlachtet wird, davon wollen sie nichts wissen. Das schieben sie weit von sich. Eier zum Frühstück, klar, aber schon mal darüber nachgedacht, wo die Eier herkommen? Auf dem Land ist es schön, doch es ist eben keine Dauerromantik. Es ist echt, es geht um Lebewesen, um so viel mehr … Das ist ein ganz merkwürdiger Menschenschlag.«

»So wie ich zum Beispiel?«, frage ich provozierend.

»Nein, das ist nur ganz allgemein und absolut nicht böse gemeint, wirklich. Aber warum soll ich diese Menschen in Massen auf meinem Hof haben wollen?«

»Vielleicht, weil sie Geld bringen?«

»Das ist aber auch das einzig Gute daran. Das hier ist kein Schickimicki-Bauernhof und soll auch keiner werden. Er ist einfach, echt und unverfälscht. Doch bei dir gibt es noch einen anderen Grund, warum du hier bist, oder?«

Unsere Blicke treffen sich, und ich halte den Atem an. Hat er mich etwa durchschaut? Weiß er, dass ich eigentlich wegen des Auftrags von Herrn Sillering hier bin? Wie kann das sein? Mist, Mist, Mist …

Ich hoffe inständig, dass er mir meine Unsicherheit nicht anmerkt. »Nun, ich will ja auch meine Freundin besuchen, wir haben uns so lange nicht gesehen.«

Mit einem Mal tritt er näher zu mir heran und legt den Kopf schief. »Sei ehrlich, Katja, ich habe es mitbekommen.«

Was hat er mitbekommen? Verdammt!

»Ja, ich bin wegen Mimi hier und …«

»Und auch noch wegen etwas anderem, was auch so typisch für euch Stadtmenschen ist.« Er lacht, und so langsam verliere ich echt die Geduld.

»Ach ja? Und was soll das sein?«

Er lacht noch etwas lauter. »Der Kerl vom Land. Was hat Mimi noch mal gesagt? Das sei jetzt *die* Gelegenheit für dich, weil ich ein heißer Landmann bin. Und am Ende wäre deine Liste dann abgeschlossen, weil du keinen anderen mehr willst als mich. So habe ich es zumindest verstanden. Was mich zu der Frage bringt, was das für eine Liste sein soll.«

Okay, er meint die Sache mit der Liste und dem sexy Landmann. Er hat es also doch gehört, wie peinlich. Meine Wangen beginnen zu brennen. Zum Glück ist es dunkel, da sieht er es hoffentlich nicht. Aber immer noch besser, als wenn er wüsste, dass ich im Auftrag meines Chefs auf sein Grundstück aus bin.

»Ist das etwa eine Männerliste?«, hakt er nach, wahrscheinlich, weil ich seine Frage noch nicht beantwortet habe.

Ich versuche, die richtigen Worte zu finden, bin allerdings vor Schreck noch ganz benommen. »Das ist doch nur eine Spielerei und überhaupt nicht ernst gemeint«, antworte ich schließlich.

»Jetzt bin ich aber neugierig. Was steht denn da genau auf dieser Liste?«

»Na ja«, ich zögere noch kurz, »ein paar Männertypen, die ich mal gedatet habe. Sportler, Intellektuelle, Baumfreaks … keine Ahnung.«

»Und Landkerle?«

»Na und? Mimi meinte, die Männer auf dem Land könnten besonders gut küssen. Wegen der guten Luft.«

»Landluftküsse, oder was?« Kristof kommt nun aus dem Lachen gar nicht mehr heraus. Gut, soll er haben, wenn es ihm Spaß macht. »Da hat aber jemand romantische Vorstellungen! Ihr Stadtmenschen solltet echt mal lockerer sein.«

»Das findest du jetzt witzig, oder?« Ich stemme die Hände in die Hüften. »Also, erstens habe ich gar keine romantischen Vorstellungen, und außerdem kann von guter Luft überhaupt keine Rede sein. Hier riecht es eher nach Mist und Dünger!«

Als er sich jetzt durch die Haare streicht, steigt mir sofort wieder sein Duft in die Nase. Zudem strahlt er eine angenehme Ruhe und Lockerheit aus. Dennoch bin ich nervös. »Alles gut, ich wollte es ja nur ansprechen.« Seine Stimme klingt rau, und ich spüre eine Gänsehaut - aber nur, weil mir langsam kalt wird.

Mit einem Mal tritt er näher zu mir heran, sein Blick ist tief. Erneut spüre ich Hitze auf meinen Wangen. »Darum geht es nicht«, sage ich. »Soll ich dir jetzt helfen oder nicht?«

»Okay, allerdings nur, wenn wir es auf meine Art und Weise machen. Mimi meint es gut, das weiß ich. Doch ich möchte keine Gäste hierhaben, die in Milch baden wollen oder was auch immer. Ich will ihnen das echte Landleben zeigen, sie darin einbeziehen, ihnen klarmachen, wie das hier wirklich funktioniert. Sie sollen sehen, wo ihr Essen herkommt, die Milch für den Kaffee, die Eier zum Frühstück. Und sie sollen Freude daran haben, sich selbst zu verpflegen. Ich finde, dafür bist du das beste Testobjekt. Du willst ein Konzept erstellen? Dann musst du es selbst erleben. Urlaub, wie er hier sein könnte. Also?«

Testobjekt? Was um Himmels willen meint er?

»Ähm, und das soll was heißen?«, frage ich zögernd.

»Das soll heißen, du machst mit. Ich zeige dir alles. Urlaub auf dem Land, auf meinem Hof. Wir treffen uns morgen früh um sechs bei den Hühnern, dann geht es los.«

Perplex sehe ich ihn an und hoffe, dass ich irgendetwas missverstanden habe. »Wie bitte? Ich soll in meinem Urlaub arbeiten?«

»Es ist deine Entscheidung.« Er zuckt mit den Schultern. »Oder traust du dich nicht, mir die ganze Zeit so nah zu sein? Dem sexy Landmann, von dem du zu gern wüsstest, wie er küsst?« Wieder lacht er.

Witzig, wirklich witzig … nicht.

Haha. Er ist ja mal gar nicht überheblich.

»Unsinn«, entgegne ich. »Erstens bin ich nicht darauf aus, einen Landkerl zu küssen. Und außerdem macht es mich sicher nicht nervös, dir nah zu sein! Mal ehrlich, ich bin eine Frau, die weiß, was sie will. Und ich nehme mir auch, was ich will. Wenn ich dich küssen wollte, um zu erfahren, wie ein Mann vom Land küsst, dann würde ich es einfach tun.«

Er grinst. »So ist das also.«

»Aber zu deiner Beruhigung: Ich will es gar nicht. Als ob ein Mann vom Land anders küsst als andere Männer … Pfff.«

»Na gut, dann bin ich beruhigt. Ich hatte schon Angst und wollte mich heute Nacht in mein Zimmer einsperren. Wer weiß, ob du nicht irgendwann mal auf die Idee gekommen wärst …«

Ich rolle mit den Augen, antworte jedoch nichts mehr.

»Ich gehe dann mal rein«, sagt er. »Du kannst dir ja noch überlegen, ob du morgen früh dabei bist. Aber nicht dass du dann dauernd abgelenkt bist, weil du nur daran denken musst, wie es wohl ist, einen Kerl vom Land zu küssen.«

Das hätte er wohl gern.

Er hat sich schon abgewandt, als ich am Ärmel seines Hemdes ziehe. Daraufhin dreht er sich noch einmal um, und unsere Blicke treffen sich erneut. »Also schön, ich bin dabei.« Ich seufze leise. »Zeig mir das Leben auf dem Land auf deine Art und Weise. Und dann sehen wir weiter.«

Ohne dass ich es will, wandert mein Blick zu seinen Lippen. Natürlich bleibt ihm das nicht verborgen, und er beginnt zu grinsen. So ein Idiot. Er denkt, er macht mich nervös. Von wegen. Dem werde ich es zeigen.

Und dann, einfach so, stelle ich mich auf die Zehenspitzen, umfasse seine Wangen mit meinen Händen und lege meine Lippen auf seine. Ganz kurz nur. Eigentlich will ich schon wieder einen Schritt zurücktreten, doch dann suchen sich unsere

Lippen erneut. Es ist wie Magie. Ich atme seinen Duft ein, spüre seine Hände an meiner Taille, mit denen er mich an sich zieht. Und mit einem Mal ist da eine Leidenschaft, die mich packt. Als würde etwas in der Luft liegen. Ein Gefühl, das durch meinen Körper rauscht. Ein Kribbeln, eine Hitze. Verdammt heftig dieser Kuss. Leidenschaftlich, fordernd und doch zärtlich. Seine Lippen so weich, seine Wangen leicht rau. Zu aufreibend. Ich seufze leicht gegen seine Lippen, streichle sie noch einmal mit meinen, ehe ich mich nur widerwillig von ihnen löse.

Verdammt, es war gut. So unglaublich gut.

Kristof sieht mich an, als warte er darauf, dass ich irgendetwas von mir gebe. »Auch nicht besser als andere Küsse«, behaupte ich, aber das Prickeln in mir, das nicht enden will, sagt mir genau das Gegenteil.

Er nickt. »Gut, dann hätten wir das zwischen uns ja auch geklärt.«

»So ist es.«

Unsere Blicke liegen noch immer aufeinander.

»Also, dann bis morgen früh um sechs Uhr. Wir treffen uns vor dem Hühnerstall. Und schließ bitte die Haustür ab.« Mit diesen Worten wendet er sich ab.

Wie jetzt? Kommt er nicht mit ins Haus?

»Ähm, Kristof, wo gehst du denn hin?«

Er dreht sich noch einmal zu mir um. »Na, in meine Wohnung. Wir haben doch alles geklärt, oder?«

»Schon, aber … ich dachte, du wohnst auch hier im Haus.«

»Das tue ich ja auch, allerdings drüben im anderen Flügel des Gebäudes.« Er schmunzelt. »Hast du etwa Angst, allein reinzugehen? Angst vor dem Geist meiner Uroma?«

Er lacht, doch ich finde es alles andere als lustig.

»Warte mal kurz«, sage ich. Ich will auf ihn zugehen, aber dann passiert es. Erneut dieser bescheuerte Boden. Ich stolpere gegen seine Brust, und wieder sind wir uns so nah.

»Ich dachte, der Kuss war nicht besonders?«, raunt er mir ins Ohr.

Schnell löse ich mich von ihm und trete einen Schritt zurück. »Idiot. Aber nein, ehrlich jetzt, kannst du mich nicht doch kurz hochbringen?«

»Hast du wirklich Angst?«

»Du hast mir immerhin dieses gruselige Zeug erzählt. Und ich bin so was nicht gewohnt. In der Stadt gibt es keine Geister in den Wohnungen.«

Kurz liegen unsere Blicke wieder intensiv aufeinander, dann nickt er. »Na gut, dann komm. Aber die Ausrede gilt morgen nicht, wenn du in aller Früh rausmusst. Geister spuken nur nachts.«

»Kannst du das mal bitte sein lassen?«

Ohne einen weiteren Kommentar schließt er die Tür auf und schaltet im Hausflur das Licht ein. Als ich ihm die Treppe nach oben folge, fällt mir auf, wie still es im Haus ist. Eigentlich schön, doch irgendwie auch ungewohnt. Ganz anders als in dem Mietshaus in der Stadt, in dem ich wohne.

Vor meinem Zimmer angekommen, reiche ich ihm den Schlüssel. Er öffnet die Tür und sieht sich im Raum um. »Alles in Ordnung, die Luft ist rein«, flüstert er, und ich boxe ihn leicht in die Seite.

»Sehr witzig.« Ich betrete das Zimmer, aber noch ehe ich das Licht einschalten kann, macht es hinter mir »Buh!« Das Herz rutscht mir gefühlt in die Hose, und ich kreische einfach los. »Verdammt, bist du bescheuert?«

Er lacht. »Ich bin immer noch Kristof. Sorry, ich konnte nicht anders.«

So ein ... Ich drehe mich zu ihm um und hämmere mit den Händen gegen seine Brust. Als ich realisiere, wie nah wir uns schon wieder sind, lasse ich schnell die Arme sinken und weiche zurück. »Idiot, ehrlich!«

Kurze Zeit später habe ich endlich den Lichtschalter gefunden, und als es hell im Raum wird, sehe ich mit Schrecken, dass die Unterlagen meiner Firma noch auf dem Tisch liegen. Oh Gott, ich muss Kristof irgendwie ablenken. Oder ich sorge am besten dafür, dass ich ihn so schnell wie möglich loswerde.

»Also danke für deine Hilfe«, sage ich und schiebe ihn einfach aus der Tür. »Jetzt schaffe ich es ohne dich!«

Glücklicherweise scheint er keinen Verdacht zu schöpfen. »Alles klar, dann sehen wir uns morgen früh um sechs vor dem Hühnerstall. Du weißt doch, was Hühner sind?«

Echt jetzt?

Ich stelle mich in den Türrahmen. Um ihm die Sicht zu verdecken, mache ich mich so breit, wie es nur geht. »Stell dir vor, ich weiß, was ein Huhn ist.«

»Das sind die Tiere mit den Federn, ja? Nicht die mit den Eutern, das sind Kühe. Also um sechs Uhr!«

»Jaja, ich weiß inzwischen, wie witzig du bist.« Ich seufze. »Warum eigentlich so früh? Ich möchte in meinem Urlaub nicht in aller Herrgottsfrühe bei den Hühnern aufkreuzen. Ganz ehrlich, ich kann dir jetzt schon sagen, dass da kein Gast der Welt mitmachen wird. Was tun wir dort überhaupt?«

Nachdenklich nickt Kristof. »Stimmt, wir haben morgen viel vor. Sechs Uhr ist zu spät, treffen wir uns doch schon um halb sechs.«

Wie bitte? Der will mich doch veräppeln!

»Oder bist du dann nicht mehr dabei?«, hakt er nach.

Er will mich provozieren, eindeutig, aber mein Ehrgeiz hat mich längst gepackt. Da hat er sich mit der Falschen angelegt. Zumal ich ja mehr über ihn herausfinden muss. Ja, mein lieber Kristof, ich werde herausbekommen, was ich wissen will.

»Weißt du was?«, entgegne ich. »Ich werde dir zeigen, was Stadtmädchen auf dem Kasten haben. Du wirst dich noch wundern. Wie gesagt, wenn ich etwas will, dann …«

Er lächelt. »Willst du mich jetzt wieder küssen?«

»Träum weiter. Am besten du speicherst dir diesen Moment in deinem Gehirn ab, denn er wird nie mehr wiederkommen.«

»Na dann, ich freue mich, dich morgen früh zu sehen.« Er zwinkert schelmisch. »Und ziehe dir Arbeitskleidung an.«

Das ist Milch!

Ein immer wiederkehrendes Krähen reißt mich aus dem Schlaf. Ach nein! Echt jetzt?

Die Nacht war eindeutig viel zu kurz. Was zum einen an der unendlichen Ruhe lag, die hier herrscht. In meiner Wohnung in Nürnberg ist es grundsätzlich lauter. Und hier ist einfach … nichts. Stille. Das hat mich ganz schön irritiert. Zudem lief mein Kopfkino in Dauerschleife. Es präsentierte mir vor allem die Bilder des Kusses – was sonst. Kristof und ich.

Wieder kräht dieses Federvieh, und ich öffne langsam die Augen. Da bin ich also. Auf dem Land. Auf einem Bauernhof. Und es läuft ganz anders als erwartet.

Da mein Wecker noch nicht geklingelt hat, dürfte es noch nicht mal fünf Uhr sein. Ich taste nach meinem Handy und finde es neben dem Bett. Exakt eine Minute vor fünf. Prompt klingelt der Wecker. Oh Mann. Ich drücke die Schlummertaste und ziehe mir die Bettdecke über den Kopf. Nur noch ein paar Minuten.

Das ist ja so was von bescheuert. Worauf habe ich mich da nur eingelassen? Nur damit ich an Informationen komme. Aber gut, so ist es eben. Im Prinzip bin ich im Vorteil. Ich bin nah an Kristof dran. Viel näher, als ich mir am Anfang erhoffen konnte.

Würde ich hier nur Urlaub machen, dann wäre ich schon lange über alle Berge und Misthaufen geflüchtet. Als ob ich freiwillig so früh aufstehen würde. Und Kristofs Idee, die Urlauber dazu zu bewegen, wird nicht funktionieren. Niemals.

Wieder kräht es. Parallel dazu klingelt der Wecker, und jetzt drücke ich auf *Stopp*. Wenn ich pünktlich bei den Hühnern sein will, sollte ich jetzt aufstehen.

Was wollte Kristof noch mal so früh bei den Hühnern? Das erschließt sich mir noch nicht wirklich. Will er mir nur zeigen, wie ein Tag auf dem Land beginnt? Das würde aber ein, zwei Stunden später auch noch reichen. Und was sollten wir bei den Hühnern schon machen? Außer, sie vielleicht zu schlachten. Den Hahn zumindest. Das ist doch eine gute Idee. Ja, genau das werde ich tun.

Ehe ich den Gedanken zu Ende gedacht habe, tut er mir schon wieder leid. Natürlich will ich kein Tier töten. Ich mag Tiere ja. Nur nicht so früh am Morgen.

Eine Minute bleibe ich noch liegen. Ich zähle im Kopf die Sekunden. Eins, zwei, drei, vier … Aber es hilft ja nichts, einmal muss ich doch aufstehen. Sicherlich werde ich Kristof nicht die Genugtuung geben und zu spät kommen. Also schäle ich mich aus dem Bett, um mich fertig zu machen.

Ich springe rasch unter die Dusche, wasche jedoch meine Haare nicht, sondern drehe sie nur schnell zu einem Dutt. Dann trockne ich mich ab, creme mich ein und ziehe mir Jeans und eine Bluse an. Jetzt noch die Schuhe … Mist, ich habe außer Pumps und High Heels nur ein Paar Sneakers dabei, und zwar ausgerechnet weiße.

Ich soll mir Arbeitskleidung anziehen, hat Kristof gesagt. Sorry, natürlich habe ich im Urlaub keine Arbeitskleidung parat. Mir tut es schon jetzt im Herzen weh, wenn ich nur daran denke, dass meine teuren Markenjeans wohl dreckig werden. Und die Schuhe erst. Ich seufze tief.

Aber gut. Geht ja wohl nicht anders.

Als ich aus meinem Zimmer trete, rieche ich Kaffeeduft. Oh, Kaffee! Den brauche ich jetzt dringend. Da es allerdings schon kurz vor halb sechs ist, beschließe ich, erst mal zum Hühnerstall rüberzugehen. Es ist noch ganz schön kühl, und ich bin froh, dass ich mir einen Hoodie umgebunden habe.

So, ich bin da. Doch von Kristof fehlt jede Spur. Wo ist er nur?

Wehe, wenn er mich veräppelt hat, dann werde ich ihn … keine Ahnung, vielleicht in den Misthaufen gleich nebenan schubsen. Der Gestank kriecht mir in die Nase, dazu noch mein leerer Magen. Mir wird schlecht.

»Buh!«

Ich fahre zusammen. »Sag mal, was ist eigentlich los mit dir?« Ich muss beinahe würgen, weil ich so erschrocken bin und mir ja sowieso schon übel ist.

Kristof hat natürlich nichts Besseres zu tun, als zu lachen. »Was ist los?«

»Der Gestank. Und mein Magen.« Ich würge noch einmal.

»Okay, du kotzt jetzt aber nicht, oder? Und falls doch, dann bitte in den Misthaufen.«

Ich schlucke. »Sehr lustig.«

»Hier, lutsch mal ein Bonbon.« Er zieht eine kleine Metalldose aus der Tasche, öffnet sie und reicht sie mir.

»Was ist das?«

»Keine Sorge, ich schiebe dir keine Drogen unter.«

Ich rolle mit den Augen.

»Pfefferminz, beruhigt den Magen.«

»Kaffee auch«, entgegne ich. Noch immer klopft mein Herz heftig. Aber gut, ich nehme ein Pfefferminzbonbon. Und es dauert gar nicht lange, bis es tatsächlich hilft.

Kristof steckt die Dose wieder weg und mustert mich von Kopf bis Fuß. »Sehr schick. Ich weiß allerdings nicht, ob du zum Ausmisten des Stalls wirklich diese Schuhe anziehen solltest. Weiß sind sie danach nicht mehr. Aber ich hätte Gummistiefel für dich.«

Das Angebot mit den Gummistiefeln überhöre ich kurzfristig. »Was? Ich soll den Stall ausmisten? Vergiss es, ich brauche echt erst mal einen Kaffee.«

Er grinst. »Den muss man sich bei uns verdienen!«

»Aber ich habe drinnen im Haus Kaffee gerochen.«

»Den habe ich getrunken. Wenn du früher unten gewesen wärst, hättest du auch einen bekommen. Aber du wirst doch nicht wegen einer einzigen Tasse Kaffee schwächeln, oder?«

Pfff.

»Ich habe es mir überlegt, das mit den Hühnern machen wir nachher«, erklärt er ungerührt weiter. »Wir müssen erst die Kühe melken, sonst platzen die Euter. Also, los geht's.«

Verblüfft sehe ich ihn an. »Was? Die Euter platzen? Ne, oder? Das sagst du doch nur, damit ich schnell mitkomme.«

Er zuckt mit den Schultern, antwortet jedoch nichts. Stattdessen wendet er sich ab und marschiert mit schnellen Schritten in den Stall. Mir bleibt nichts anderes übrig, als ihm zu folgen. Oh Gott, zum Glück habe ich noch immer das Pfefferminzbonbon im Mund. Der Gestank lässt mich beinahe ohnmächtig werden. Das überlebe ich nicht.

Aber dann …

Die Kühe sehen uns erwartungsvoll entgegen, als wüssten sie, weshalb wir hier sind. Wie süß sie sind. Was haben die denn bitte für große Augen? In meinem Herz spüre ich sofort Wärme. Natürlich habe ich in meinem Leben schon mal Kühe gesehen, doch das ist lange her.

»Guten Morgen, meine Damen«, rufe ich.

Kristof lacht. »Bevor wir sie melken, müssen wir ihnen Futter geben, dann sind sie nachher entspannter. Also schnapp dir die Mistgabel da drüben. Und dort ist das Heu.« Er deutet auf die Ballen, die an der Wand des Stalls aufgestapelt sind, und nimmt sich selbst ebenfalls eine Mistgabel.

Ich sehe ihm zu, wie er beginnt, das Heu in die Futtertröge zu schichten. »Okay, und das soll ich jetzt auch machen?«

»Ja, klar.«

»Oh Mann«, stöhne ich, »dafür brauche ich aber wirklich Kaffee. Geht nicht wenigstens ein ganz kleiner? Ein Kaffee Crema vielleicht? Oder ein Latte, Cappuccino, was weiß ich …«

»Theoretisch geht das schon. Aber was braucht man für Latte und Cappuccino? Milch. Glaubst du etwa, die kommt aus der Packung?«

So ein Idiot.

Ich schnappe mir also die Mistgabel und steche in einen der Heuballen, die sich ganz leicht verteilen lassen. Wenigstens etwas. Und die Kühe scheinen sich darüber zu freuen. Süß, wie sie uns ansehen. Alle sind braun und weiß gefleckt, nur eine hat schwarze statt braune Flecken. Als ich mich ihr nähere, versucht sie, mit der Zunge meine Hose zu erreichen.

»Hey, du kannst Heu fressen, aber nicht meine Hose!«, ermahne ich sie. Weil sie mich jedoch gar zu niedlich anguckt, gehe ich in die Hocke und halte ihr meine Hand hin. Zack, schon hat ihre Zunge mich erwischt und umschlingt mich gefühlt ganz fest.

»Kristof, meine Hand!«, rufe ich.

Er sieht zu mir und grinst. »Zieh einfach die Hand weg, sie frisst dich schon nicht auf.«

Ich tue, wie mir befohlen, und tatsächlich, es ist ganz leicht, meine Hand aus den Klauen – ähm, der Zunge – der Kuh zu befreien.

»Hat sie denn einen Namen?«, will ich wissen.

»Klar. Ursula, die Krakenfrau, weil sie alles auffrisst, was ihr vor das Maul kommt.«

Ich runzele die Stirn. »Echt jetzt? Die Kuh heißt Ursula, die Krakenfrau?«

»Nein, natürlich nur Ursula.«

»Finde ich auch besser so. Krakenfrau, was für ein scheußlicher Name.« Zur Bestätigung gibt Ursula ein lautes »Muh« von sich.

»Bist du fertig?«, fragt Kristof. »Jetzt sollten wir noch das hier ebenfalls in die Tröge verteilen.« Er deutet auf zwei Eimer, deren Inhalt wie Mehl aussieht.

»Was ist das?«

»Trockenfutter mit Vitaminen.«

Ich nehme mir einen Eimer, Kristof ebenso. Die Kühe freuen sich offensichtlich auch über dieses Futter, denn ihre Zungen werden immer länger.

»Das sieht lustig aus«, stelle ich fest.

Mit einem Mal blickt Kristof mich intensiv an. Ich schlucke, denn ich muss an den Kuss von gestern Abend denken. Schnell schaue ich weg und beobachte stattdessen die Kühe. So süß, wirklich.

»Die dort drüben, das ist Gerda«, erklärt Kristof. »Sie ist übrigens trächtig, ihr Kälbchen kommt bald. Und Hanna dahinten auch.«

»Zwei Babykühe! Wie süß ist das denn! Wann ist es denn so weit?«

»Bei Gerda dauert es nur noch ein paar Tage, bei ihr müssen wir beim Melken ein bisschen aufpassen. Sie reagiert da gerade etwas ungeduldig. Kommst du? Dann zeige ich dir, wie das geht.«

Der denkt doch jetzt nicht wirklich, dass ich die Kühe auch noch melke?

»Ähm, was? Ich soll die Kühe melken?«

»Klar, hab ich doch gesagt.«

»Und wie funktioniert das?«

»Siehst du den Melkschemel dort im Regal? Den bindest du dir um, suchst dir eine Kuh aus und stellst den Eimer darunter. Und dann zack – ran an das Euter und alles rausdrücken, bis die Zitzen leer sind. Fertig.«

Was? Das ist doch nicht sein Ernst. Aber er hat sich schon abgewandt, vermutlich, um den Eimer zu holen.

»Mit der Hand?«, rufe ich ihm nach, und er dreht sich zu mir um.

»Womit denn sonst?«

»Gibt es dafür nicht etwas Elektrisches oder so?«

»Leider nein. Holst du den Schemel? Ich bringe dir gleich den Eimer.«

Ich stapfe zu dem Regal, in dem der Schemel liegt, und hasse jetzt schon alles. Ja, die Kühe sind megasüß. Aber dass ich sie jetzt auch noch melken soll? Jede Einzelne? Der Typ veräppelt mich, ich weiß es genau. Und ich bin mir sicher, das Melken funktioniert auch anders als mit der Hand. Ich bilde mir ein, das schon mal im Fernsehen gesehen zu haben, in einem dieser modernen Heimatfilme.

Wie auch immer. Ich seufze möglichst unauffällig, während ich den Schemel hole und mit ihm zu Kristof hinübergehe, der bereits den Eimer in der Hand hält.

»Also, welche Kuh möchtest du melken?«, fragt er. »Gerda vielleicht? Die ist eigentlich lieb, außer man braucht zu lange. Wie schon gesagt, sie hat momentan in ihrem Zustand nicht so viel Geduld. Oder du nimmst Anna … Nein, weißt du was? Probiere es mal mit Gerda.«

»Und wenn sie keine Lust hat, ihre Milch herzugeben, was macht sie dann?«

Er legt den Kopf schief. »Dann frisst sie dich tatsächlich auf.«

»Haha, sehr lustig.« Ich binde mir den Gurt des Schemels ums Gesäß und setze mich vorsichtig hin. Huch, dieses Ding hat ja nur ein Bein. Wie soll man denn damit das Gleichgewicht halten?

»Das da sind die Euter und Zitzen«, erklärt mir Kristof. »Die lässt du zwischen deinen Fingern gleiten und drückst dabei ganz leicht. Wenn du Glück hast, kommt Milch heraus.«

Wenn ich Glück habe? Wieso soll ich das nicht schaffen? Den Spaß werde ich ihm nicht gönnen. Ich atme tief durch, dann nehme ich die Zitzen zwischen die Finger und …

»Das funktioniert ja echt!« Weiße Flüssigkeit spritzt in den Eimer. »Milch, das ist Milch!«

Kristof lacht. »So ist es. Wenn du so weitermachst, ist dein Kaffee zum Frühstück nachher gerettet. Also, nicht schlappmachen, das muss alles leer werden.«

Skeptisch mustere ich die Euter, die ganz schön dick sind. Das kann ja hundert Jahre dauern. Doch ich mache weiter. Irgendwie bin ich tatsächlich ein wenig fasziniert, das muss ich schon zugeben.

Ich bin so auf das Melken konzentriert, dass ich aufschrecke, als auf einmal merkwürdige Geräusche um mich herum zu hören sind.

»Du bist echt so was von gemein«, protestiere ich, nachdem ich kapiert habe, was Kristof da macht.

Er zieht eine Art Halterung von der Decke herunter und legt sie einer Kuh ans Euter. »Hast du wirklich geglaubt, ich kann jeden Morgen alle Kühe von Hand melken? Aber es ist schön, dass du so motiviert bist. Das muss ich schon sagen.«

»Na, vielen Dank auch. Soll ich Gerda verraten, wie du mich reingelegt hast? Vielleicht würde sie zur Abwechslung dann dich auffressen?«

Er lacht. »Da hast du eher schlechte Karten. Gerda liebt mich, immerhin bin ich jeden Tag für sie da.«

So ein aufgeblasener Idiot. Doch jetzt freue ich mich auf meinen Kaffee. Ich würde sagen, den habe ich mir wahrlich verdient.

Hühner auf der Flucht

»So, bis heute Abend sind die Kühe versorgt, dann müssen wir wieder ran«, erklärt mir Kristof, als wir aus dem Kuhstall ins Freie treten.

Perplex starre ich ihn an. »Wie? Heute Abend schon wieder?«

»Klar«, er grinst, »zweimal am Tag. Aber entspann dich, denn jetzt gibt es erst mal …«

»Kaffee?«

»Ja, dazu leckeres Brot und ein Frühstücksei.«

»Oh ja, das klingt gut.« In Gedanken schmecke ich schon das Aroma von frisch gebrühtem Kaffee auf der Zunge.

Kristof deutet auf die Tür des Hühnerstalls, an dem wir gerade vorbeigehen. »Also, ich hätte dann auch gern ein Ei. Holst du uns zwei aus dem Stall? Oder weißt du was? Sammle doch einfach alle Eier ein, die schon da sind.«

»Was?«

»Frischere Eier wirst du nie mehr bekommen. Ich setze inzwischen schon mal Kaffee auf.« Mit diesen

Worten stapft er einfach an mir vorbei, während ich dastehe und nicht weiß, wie mir geschieht. Wie soll ich denn jetzt die Eier da rausholen? Oh Mann.

Dennoch öffne ich zögernd die Tür und betrete den Hühnerstall. Irgendwie vorwurfsvoll, als wüssten die kleinen Federviecher, was ich jetzt vorhabe, beäugen sie mich.

»Das ist nicht meine Idee«, bringe ich zu meiner Verteidigung vor. »Euer Chef hat gesagt, ich soll die Eier klauen.«

Vorsichtig werfe ich einen Blick in die kleinen Legenester. Tatsächlich liegen Eier darin, manche sind weiß, andere braun. Können Hühner etwa ihre Eier färben? Ich werde nachher gleich mal Kristof fragen, wie das funktioniert, denn das interessiert mich tatsächlich.

Ein Ei nach dem anderen lege ich in das Körbchen, das Kristof mir vorhin noch in die Hand gedrückt hat. Als ich den Hühnerstall danach wieder verlassen will, summe ich fröhlich vor mich hin. Das ist mir doch besser gelungen als gedacht. Aber dann muss ich feststellen, dass ich die Stalltür nicht zugemacht hatte und einige Hühner bereits die Flucht angetreten haben.

»Oh Scheiße«, fluche ich. Ich stelle den Korb mit den Eiern ab und versuche, die Hühner zurückzutreiben. Das darf jetzt nicht wahr sein! Sind diese Viecher doch einfach ausgebüxt.

Aber wie fasst man die an? Außerdem sind sie verdammt schnell. Ich gerate leicht in Panik, als ich sehe, wie ein braunes Huhn in Richtung Hoftor rennt. Doch das Tor ist glücklicherweise geschlossen, und das Huhn dreht wieder um. Vorsichtshalber kontrolliere ich das Tor und atme auf. Hier kommen die Tiere jedenfalls nicht durch.

Mein Blick wandert zufällig zum Misthaufen. Ich glaube, ich sehe nicht richtig. Ein weißes Huhn sitzt darauf und glotzt mich misstrauisch an. Bislang dachte ich immer, Hühner können nicht fliegen. Schon heftig, wie wenig man manchmal weiß, oder?

»Was ist denn hier los?«, ertönt auf einmal Kristofs Stimme.

»Sorry, ich hab vergessen, die Stalltür zu schließen. Was machen wir jetzt?«

Er kratzt sich am Kopf und sieht mich mit zusammengekniffenen Augen an. Nun fühle ich mich noch schlechter. Doch dann lächelt er.

»Und?«, frage ich erleichtert. Ich habe ja schon erwartet, dass er mich zusammenstaucht.

»Wir fangen sie ein, etwas anderes bleibt uns nicht übrig. Das heißt, ich jage sie, und du verstellst ihnen den Weg. So treiben wir sie gemeinsam zurück in den Stall und sperren sie vorläufig mal in die Käfige, damit sie nicht noch mal ausbüxen können. Nachher, wenn alle Hühner wieder drin sind, lassen wir sie natürlich gleich frei, sie sollen im Stall ja Auslauf haben. Alles klar?«

Ich nicke. »Alles klar.«

Schon geht es los. Kristof nimmt sich immer ein Huhn vor und jagt hinter ihm her, während ich versuche, es in einen der Käfige zu lenken.

Es dauert eine gute halbe Stunde, bis wir endlich fertig sind. Nein, nicht ganz, denn das weiße Huhn thront immer noch ganz oben auf dem Misthaufen.

Ach nein!

Kristof geht aber schon darauf zu. Er hat mit seinen Gummistiefeln keine Probleme, das Huhn zu scheuchen, es schließlich zu packen und in den Käfig zu verfrachten.

»Geschafft«, keuche ich erschöpft, während Kristof die Käfige öffnet und die Hühner in den Stall herauslässt. »Ich bin jetzt schon völlig erledigt. Wie wäre es heute Abend mit Hühnersuppe?«

Kristof lacht. »Das hättest du wohl gern.«

Wieder versinke ich in seinem Blick. Doch dann passiert es. Eine Sekunde Unaufmerksamkeit genügt, dass ich ausrutsche und auf dem Hintern lande. »Autsch.«

Kristof kommt zu mir her. »Was machst du nur immer? Wieder ein kleines Missgeschick?«

»Nein, da war es so glatt und …« Vorsichtig taste ich meinen Hintern ab. Igitt. Glibber. Ich habe mich tatsächlich in ein Ei gesetzt.

»Wahrscheinlich hat eines der Hühner vor Schreck ein Ei gelegt«, vermutet Kristof. »Das passiert manchmal, wenn sie aufgeregt sind.«

»Oh.«

Er hält mir seine Hände hin und zieht mich nach oben. Als ich zum Stehen komme, sind wir uns wieder so nah. »Ich glaube, ich sollte mich umziehen«, sage ich verlegen und trete schnell ein Stück zurück.

»Ich habe dir doch gesagt, du sollst Arbeitskleidung und Gummistiefel anziehen.«

»Das *ist* meine Arbeitskleidung. Zumindest die beste, die ich finden konnte.«

»Komm mal mit, ich gebe dir was.« Mit einem Schmunzeln auf den Lippen führt er mich in einen Raum gleich neben dem Kuhstall und holt ein paar Kleidungsstücke aus einem der Regale. »Hier, die müssten passen. Und von den Gummistiefeln dort drüben kannst du dir auch welche aussuchen. Wenn du umgezogen bist, komm einfach in die Küche, dann gibt es Kaffee.«

Ich nicke. »Kaffee klingt gut. Und nein, ich möchte kein Brot zu meinem Frühstücksei. Nicht dass du noch auf die Idee kommst, mich schnell noch welches backen zu lassen.«

»Keine Sorge, das Brot bekommen wir von Eva und Herbert geliefert. Du hast es ja gestern Abend schon probiert. Also?«

»Wenn das so ist, dann esse ich gern ein Stück Brot.«

Er lacht. »Mit Butter?«

»Ist das eine Fangfrage?«

»Vielleicht. Dazu müssten wir jetzt noch Milch stampfen und …«

Ich hebe eine Hand. »Vergiss es, ich brauche keine Butter. Brot reicht völlig.« Erneut streifen sich unsere Blicke. »Okay, dann ziehe ich mich mal um.« Ich lege meine Hände an den obersten Knopf meiner Bluse und tue so, als wollte ich sie vor seinen Augen aufknöpfen.

Kristof räuspert sich und wendet mir den Rücken zu.

»Macht dich das etwa nervös?«, frage ich ein wenig provozierend. »Eine Frau, die sich vor deinen Augen umzieht?«

»Absolut nicht … nein.« Er dreht sich wieder zu mir um und streicht sich durch die Haare. Ich bilde mir ein, einen Hauch von Verlegenheit in seinem Blick zu erkennen. »Also bis gleich. Komm einfach nach.«

Verdammt. Irgendwie war das doch auf eine gewisse Art und Weise sexy.

Als ich umgezogen bin und die Küche betrete, sitzen Margarete und Kristof bereits an dem großen Holztisch.

Margarete reckt den Daumen nach oben und lächelt mir zu. »Schick siehst du aus.«

Ich drehe mich einmal um die eigene Achse. »Meine Bluse habe ich erst mal angelassen. Und ich finde, die Latzhose und die Gummistiefel stehen mir gar nicht mal so schlecht.«

Kristof nickt. »Ja, das hat was …«

Wieder sehen wir uns etwas zu intensiv an.

»Und dir sind also die Hühner ausgebüxt?«, fragt Margarete und reißt mich damit von seinen Augen weg.

»Ja. Ich wundere mich immer noch, wie schnell die sind.«

»Das sind sie. Merke dir eines: Du darfst niemals die Stalltür offen stehen lassen. Hühner sind flinke Tiere. Ehe du dich versiehst, sind sie über alle Berge. Aber jetzt bedient euch. Der Kaffee ist fertig, Milch ist auch da, und ich koche gerade noch die Eier.«

Ich gehe zum Tisch, setze mich neben Kristof und gieße mir und anschließend auch ihm eine Tasse Kaffee ein.

»Danke.«

»Gern geschehen.«

Wenig später sind die Eier fertig, dazu gibt es Brot und von Margarete selbst eingekochte Apfelmarmelade. Ich nehme einen ersten Bissen von meinem Marmeladenbrot und muss gestehen, dass es unglaublich gut schmeckt.

»Alles ganz frisch und direkt von unserem Hof – bis auf das Brot und den Kaffee natürlich.« Margarete wirkt sichtlich stolz.

Es hat schon was, das muss ich zugeben. Und wenn es auch verrückt klingen mag, es war doch irgendwie lustig heute Morgen.

»Wenn wir fertig sind mit dem Frühstück, reparieren wir den Zaun, okay?«, sagt Kristof.

»Den Zaun? Ist das dein Ernst?«

Er lacht. »Ja klar. Immerhin hast du ihn umgefahren, und solange der Zaun kaputt ist, können wir die Kühe nicht auf die Weide bringen. Die waren deswegen schon gestern ziemlich beleidigt. Also sollten wir uns beeilen. Ich muss Gerda sonst sagen, dass es deine Schuld ist und …«

»Na gut«, willige ich schließlich ein. »Aber ich mache es nur Gerda zuliebe.«

Auch die Eier schmecken so was von lecker, was mich wieder an meine Frage von vorhin erinnert. »Warum haben die Eierschalen eigentlich unterschiedliche Farben?«

»Das ist genetisch bedingt«, erklärt Kristof.

»Hat es denn etwas mit dem Gefieder der Hühner zu tun?«

Er schüttelt den Kopf. »Nein, es kommt von den Pigmenten. Rote Pigmente stammen aus dem Blut, gelbe aus der Galle. Beide Farbpigmente vermischen sich, und dabei entsteht ein Braunton. Bei weißen

Eiern werden keine Farbpigmente in die Schale eingelagert. So einfach ist das.«

»Aus dem Blut und der Galle? Igitt.« Angeekelt schüttele ich mich.

Margarete lacht. »Hauptsache, die Eier schmecken, oder? Ach, und weil wir gerade beim Thema Essen sind: Bringt ihr bitte auch Gemüse und Kartoffeln vom Feld mit? Das koche ich uns zum Abendessen.«

Kristof nickt. »In Ordnung, danach müssen wir aber die Bestellungen ausliefern.«

»Dann haltet euch ran. Die Kundschaft wartet schon.«

Auch wenn die Zeit drängt, gehe ich nach dem Frühstück kurz auf mein Zimmer und hole mir mein Handy. Kristof habe ich gesagt, dass ich auf die Toilette muss, was ja auch stimmt. Ich möchte aber auch rasch mit Mimi telefonieren und meine Nachrichten checken.

Als ich das Display entsperre, sehe ich, dass Mimi sich schon gemeldet und mir ein Foto geschickt hat. Sie ist gerade unterwegs zu der Fernsehaufzeichnung mit den Landfrauen und will wissen, ob ich gestern Abend gut heimgekommen bin.

Nachdenklich betrachte ich ihre Nachricht. Gestern Abend. Oh Mann. Der Kuss. Ich muss sofort daran denken.

Doch ich beschließe, ihr erst mal noch nichts davon zu erzählen, also schreibe ich nur zurück:

Ich bin gut heimgekommen und habe heute Morgen schon auf dem Hof geholfen. Ich habe einen Stall ausgemistet, glaubst du mir das?

Nachdem ich die Nachricht abgeschickt habe, dauert es nicht lange, bis mein Telefon klingelt. Kaum habe ich auf *Annehmen* gedrückt, höre ich Mimi schon lachen. »Ehrlich, du hast im Stall gearbeitet?«

»Wenn ich es dir doch sage. Und ich habe Eier aus dem Hühnerstall geholt. Frag mich nicht, warum ich das tue. In meinem Urlaub.«

»Weil du ein guter Mensch bist.«

Ich zucke zusammen. Mit dieser Antwort habe ich nicht gerechnet.

»Mal sehen«, sage ich ausweichend. »Kristof und ich haben gestern noch kurz geredet. Deine Idee gefällt ihm, jedoch nicht das Konzept. Er will keine Luxusmenschen auf dem Hof haben, sondern Gäste, die sich für das echte Leben auf dem Land interessieren. Und ich bin jetzt erst mal das Testobjekt und soll alles mitmachen, was zum Leben auf einem Bauernhof gehört.«

»Danke, mir ist das echt wichtig. Und wie war euer Nachhauseweg so?«

»Na ja, wir …«

»Katja, kommst du?«, ruft Kristof von unten.

»Ich muss gehen«, sage ich zu Mimi. »Wir reden später noch mal, ja? Ich muss Kristof jetzt helfen, den Zaun zu reparieren.«

Sie lacht. »Ich kann gar nicht glauben, dass das gerade passiert.«

»Ich auch nicht und … Ach verdammt, wir haben uns geküsst«, bricht es nun doch aus mir heraus.

»Wirklich? Nein! Wie das denn?«

»Ich weiß auch nicht, es … es ist einfach so passiert.«

»Und wie war es?«

»Ja, es war … schon okay.« Wobei *okay* ziemlich untertrieben ist.

»Das klingt aber nicht so schlecht wie die Sache mit diesem Bindestrich-Kerl, oder?«, fragt sie. »Der meinte, du sollst dich schon mal frei machen.«

»Nein, überhaupt nicht. Es war …«

In meinem Kopf kreisen nun zahlreiche Bilder. Mein Herz kribbelt, und mir ist, als spürte ich noch immer Kristofs Lippen auf meinen.

»Ach, Mimi.« Ich sage es jetzt einfach freiheraus. »Es war gut, viel zu gut, leider.«

»Ich hab's dir doch gesagt, Landmänner küssen anders«, jauchzt sie. »Die Kerle vom Land haben es einfach drauf!«

Ich rolle mit den Augen, obwohl mir bewusst ist, dass sie es nicht sehen kann.

»Und ich finde es total gut«, fügt sie hinzu. »Siehst du, hier kann so viel passieren. So viel Gutes. Ich bin mir sicher, er mag dich, das habe ich gestern Abend schon gemerkt.«

»Ach ja? Inwiefern?«

»Kristof ist jemand, der sich anderen gegenüber nicht so einfach öffnet, deswegen habe ich mich auch gewundert, dass er im Biergarten auftauchte. Benno hatte zuvor noch mit ihm telefoniert, und da hat Kristof dauernd nur über dich geredet und erzählt, wie merkwürdig du bist.«

»Ich würde mal sagen, ein deutliches Zeichen dafür, dass er mich mag«, antworte ich zynisch.

»Ach was, glaub mir einfach, dass es so ist.«

»Na gut.« Ich seufze. »Aber ich muss jetzt echt los. Also hab viel Spaß.«

»Du auch.« Mimi kichert. »Mit deinem Landmann.«

»Quatschkopf. Wann geht es denn bei dir los?«

»Ab morgen früh drehen wir. Heute werde ich noch die Leute aus dem Produktionsteam kennenlernen. Ach, ich bin so aufgeregt.«

»Das kriegst du hin, ganz sicher.«

Kaum haben wir aufgelegt, klingelt das Handy erneut. Mein Chef. Mist.

Soll ich überhaupt noch rangehen? Ich öffne die Zimmertür und sehe die Treppe nach unten, wo Kristof schon auf mich wartet.

»Ich muss noch kurz was erledigen«, sage ich zu ihm.

Er hebt den Kopf und schaut zu mir hoch. »Was denn?«

»Ist doch egal. Also gibst du mir noch fünf Minuten? Du kannst ja inzwischen schon mal rausgehen.«

»Okay, ich warte am Tor auf dich.« Er hebt mahnend den Zeigefinger. »Aber wirklich nur fünf Minuten.«

»Ja, klar.«

Ich vergewissere mich noch, dass er tatsächlich verschwunden ist, ehe ich zurück in mein Zimmer gehe, mich aufs Bett setze und Herrn Sillering zurückrufe.

»Und, Frau Hirschberger, wie läuft es?«, fragt er anstelle einer Begrüßung.

»Ganz gut, ich bin an ihm dran. Ich sammle noch mehr Informationen.«

Begeisterung klingt aus seiner Stimme. »Super. Ich habe es doch gewusst, dass ich mich auf Sie verlassen kann. Dann halten Sie mich bitte weiter auf dem Laufenden.«

»Das mache ich. Ach, noch eine Frage: Soweit ich das aus den Unterlagen erkenne, geht es nur um dieses unbebaute Grundstück, nicht um den Hof, oder?«

»Sagen wir es so: Das Grundstück hat Priorität. Der Hof wäre als Zugabe natürlich perfekt. Aber erst einmal benötigen wir die Zusage dieses Herrn, dass er bereit ist, das Grundstück zu verkaufen.«

»Gut«, antworte ich. »Es wäre ja auch wichtig für ihn, frisches Kapital zu haben. Den Erlös aus dem Grundstücksverkauf könnte er ja reinvestieren. Und auch der Ort würde durch den Verkauf nur gewinnen.«

»Aber natürlich. Sie wissen doch, unsere Projekte zielen immer darauf ab, den Menschen etwas Gutes zu tun.«

In diesem Augenblick ertönt von irgendwoher ein lautes Scheppern, sodass ich zusammenzucke. Was war das denn?

»Ich muss auflegen«, sage ich nur noch zu Herrn Sillering. »Bis dann.«

Nachdem ich auf *Beenden* gedrückt habe, sehe ich mich mit angehaltenem Atem im Zimmer um. Das war schon unheimlich. Doch ich kann nicht erkennen, dass irgendwo etwas heruntergefallen ist. Vielleicht habe ich mir den Lärm auch nur eingebildet?

Ich trete ans Fenster, öffne es und blicke mit klopfendem Herzen hinaus. In diesem Moment scheppert es erneut mehrmals hintereinander, und jetzt kann ich mir auch denken, wo die Geräusche herkommen, denn der Traktor steht im Hof. Ich muss beinahe über mich selbst lächeln.

Trotzdem fällt mir wieder Kristofs Uroma ein. Und ihr Geist, der vielleicht noch hier herumspukt.

Unsinn! Ich mache mich nur selbst verrückt. Angst kann man sich auch einreden. Hier gibt es keinen Geist, Kristof wollte mich nur veräppeln.

Ich atme ein paarmal tief durch, dann schließe ich das Fenster, stecke das Handy ein und verlasse das Zimmer.

Ob ich das auch kann?

»So, da bin ich«, rufe ich, so laut ich kann, denn der Motor des Traktors rattert ganz schön.

Kristof sitzt bereits wieder im Fahrerhaus und winkt mir zu. »Also komm, wir müssen los.«

Ich sehe zu ihm hinauf. Ganz schön hoch, dieses Gefährt. Kristof wirkt da oben irgendwie … ja, *mächtig* ist wohl der richtige Ausdruck. »Ich soll da raufsteigen? Habe ich neben dir überhaupt Platz?«

Kristof lacht. »Natürlich. Steig einfach auf die Stufe da und komm rauf.«

Schließlich traue ich mich, stelle meinen Fuß auf den Tritt und schwinge mich hoch. Als ich neben Kristof im Fahrerhaus Platz genommen habe, spüre ich sofort das Vibrieren des Motors unter meinen Füßen. Oh, mein Gott, wie cool ist das denn? »Man sitzt ja voll hoch! Und irgendwie … ja, irgendwie fühlt sich das echt gut an.«

»So ist es. Ziemlich cool, oder?«

Der Traktor setzt sich in Bewegung, und ich bin tatsächlich begeistert. Wer hätte das gedacht?

»Wann bist du das erste Mal damit gefahren?«, will ich wissen.

»Als ich drei war, auf dem Schoß meines Opas. Und allein dann mit fünf Jahren.«

»Mit fünf? Unsinn!«

»Ist aber so auf dem Land.«

Kristof lenkt das riesige Ding aus dem Hof, durch das Tor und hinaus auf die Straße. Staunend blicke ich mich um. Wie anders alles wirkt, wenn man so hoch oben sitzt. Dennoch kommt mir der Weg bekannt vor, wir sind schon bei meiner Ankunft hier entlanggefahren. Kristof winkt ein paar Leuten zu, die uns entgegenkommen. Eva ist auch unter ihnen, sie sitzt auf einem Fahrrad mit einem Korb auf dem Gepäckträger.

»Wahrscheinlich holt sie sich Eier vom Hof«, vermutet Kristof.

»Stimmt, du sagtest ja, ihr habt einen Hofladen.«

»Das schon, nur in Evas Fall regeln wir es etwas anders. Bei ihr ist es ein Tauschgeschäft. Sie bekommt unsere Eier, dafür werden wir immer mit frischem Holzofenbrot versorgt.«

»Okay, aber du bekommst schon auch Geld für deine Produkte?« Irgendwie ist mir das wichtig.

Er nickt. »Aber klar. Alles, was wir anbauen und erzeugen, wird verkauft. An Restaurants, größere Betriebe und natürlich auch im Laden an die Endverbraucher. Die Milch liefern wir überwiegend an die große Molkerei im übernächsten Ort. Doch bei kleinen Betrieben, wie zum Beispiel Eva, Benno mit seiner Metzgerei oder dem Bäcker Lindner, ist es wie gesagt meistens ein Tauschgeschäft. Da hilft jeder jedem. Auf diese Weise profitiert man voneinander.«

»Ich erinnere mich, der Schnaps gestern Abend, dieser Zaubertrank, war ja auch von euch.«

»Ja, wobei es davon nicht mehr allzu viel gibt. Mein Uropa hat diese spezielle Rezeptur früher gebrannt, nach ihm dann noch mein Opa und mein Papa. Nicht illegal oder so, nicht dass du jetzt so was denkst. Die Brennerei hat natürlich eine Lizenz. Aber mittlerweile …« Er hält inne und räuspert sich. »Nicht so wichtig. Lass uns über was anderes reden. Im Übrigen sind wir jetzt da.«

Überrascht sehe ich mich um. Ich war so neugierig auf das, was er gerade erzählen wollte, dass ich gar nicht mehr auf die Umgebung geachtet habe. Tatsächlich, das ist der Ort meiner Heldentat. Und der Zaun ist natürlich immer noch kaputt.

»So, dann wollen wir mal«, sagt Kristof. Er stellt den Motor ab und steigt vom Traktor. »Kommst du?«

Als ich von meinem Platz nach unten zu Kristof schaue, bekomme ich in der Tat ein wenig Bammel. Das ist doch ganz schön hoch. Und da soll ich jetzt runterspringen?

Kristof breitet die Arme aus. »Keine Sorge, spring einfach los, ich fange dich schon auf.«

»Wirklich?«

»Klar, wenn ich es doch sage.«

Erst bin ich noch skeptisch, aber dann tue ich es einfach. Ich lasse mich fallen … und liege im nächsten Moment auch schon in Kristofs Armen. Natürlich sind wir uns wieder viel zu nah.

Verlegen löse ich mich von ihm. »Meinst du, ich kann den Traktor auch mal fahren?«, frage ich, einfach nur, um die Situation zu überspielen. Verdammt, habe ich das gerade wirklich gesagt?

Er grinst breit. »Zum Glück haben wir das mit dem Küssen schon geklärt. Sonst würde ich denken, so wie du mich gerade ansiehst …«

»Sehr witzig, aber ich habe dich was gefragt.«

»Stimmt. Du willst also wirklich Traktor fahren?«

»Na ja, wenn du mit fünf schon allein gefahren bist, dürfte das keine allzu schwierige Sache sein.« Langsam finde ich wirklich Gefallen an der Vorstellung, selbst den Traktor zu fahren.

Er lacht. »Mal sehen. Wenn du jetzt schön fleißig bist und wir das mit dem Zaun hinbekommen …«

»Okay, dann wollen wir mal. Ich bin bereit.«

»Also pass auf. Ich halte den Pflock fest, und du schlägst mit dem Hammer drauf«, erklärt mir Kristof kurze Zeit später. »Und zwar so lange, bis du merkst, dass der Pfosten fest in der Erde steckt. Meinst du, du kriegst das hin?«

»Klar.« Ich nehme den Hammer in die Hand und klopfe damit ein paarmal auf den Pfosten. Das geht ja wirklich ganz einfach.

Doch Kristof schüttelt den Kopf. »Das ist zu wenig. Etwas fester und mit mehr Schwung, okay?«

Ich hebe den Hammer hoch, dann noch ein Stück höher, hole aus, lasse ihn nach unten auf den Pfahl fallen und …

Ups, daneben.

»Und du willst Traktor fahren?«, murrt Kristof. »Du triffst nicht mal den Pflock. Konzentrier dich mal besser.«

Was soll das denn, hier gleich so rumzumotzen? Der wird sich noch wundern. Ich hebe den Hammer noch einmal hoch, und dann haue ich mit voller Wucht drauf.

»Ahhh! Shit!«, brüllt Kristof und krümmt sich vor Schmerz.

Mein Herz klopft heftig. »Habe ich dich erwischt? Das … das ging doch gar nicht, du … hattest deine Hände doch viel weiter unten …«

Er lacht lauthals, während er sich wieder aufrichtet. »Sorry, das musste sein.«

Ich gebe ihm einen Schubs, der zugegeben vielleicht etwas heftig ausfällt. Aber musste er mich so erschrecken? »Bist du bescheuert?«

»Nein, ich bin immer noch Kristof.«

»Ach, nerv mich nicht dauernd mit deinem Quatsch! Am liebsten würde ich dir jetzt wirklich auf die Finger klopfen.« Ich hebe drohend den Hammer.

»Untersteh dich!«

Ich lasse den Hammer wieder sinken und grinse. »Ach, sag nur, du hast Angst?«

»Das hättest du wohl gern. Los, weiter geht's. Bist du bereit?«

Bei den nächsten Pfosten geht es schon besser, doch irgendwann geht mir die Kraft aus. Wir wechseln uns ab: Ich halte die Pflöcke fest, und Kristof schlägt sie ein.

Als wir fertig sind, hole ich tief Luft und fahre mir mit der Hand über die Stirn. »Puh, das war jetzt echt anstrengend. Hätte ich nicht gedacht.«

»Siehst du, wieder was dazugelernt. Das nächste Mal wirst du hoffentlich daran denken, bevor du in eine Wiese fährst.«

Ich rolle mit den Augen. »Ja, Mister Besserwisser. Wie oft soll ich dir noch sagen, dass es keine Absicht war?«

»Ein Missgeschick, ich weiß. Dann lass uns mal die Kühe holen, die warten schon sehnsüchtig darauf, ins Freie zu kommen.«

»Und ich darf fahren?«

Er grinst. »Kommt Zeit, kommt Traktor.«

»Na schön, dann vielleicht lieber ein andermal. Ich will ja nicht, dass die armen Kühe noch länger im Stall eingesperrt sind.«

»Das ist die richtige Einstellung.« Kristof hebt den Daumen. Er geht zum Traktor, steigt hinauf, und ich setze mich neben ihn.

Schon geht es wieder zurück zum Hof. Der Fahrtwind weht mir durch die Haare, und ich lasse meinen Blick schweifen über die weiten Felder, an denen wir vorbeifahren. »Echt schön hier, das muss ich schon sagen.« Kurz zögere ich, doch dann traue ich mich einfach. »Gehören diese Felder alle zu deinem Hof?«

Kristof wendet den Kopf in meine Richtung. Etwas Merkwürdiges liegt in seinem Blick. »Nicht alle. Das Feld dort drüben mit den Bäumen, das gehört mir zum Beispiel auch.«

»Und was machst du damit? Es scheint ja gerade nicht bewirtschaftet zu werden.«

»Nein, also nicht direkt, aber …« Er tritt auf die Bremse, sodass der Traktor abrupt stehen bleibt. »Warum interessiert dich das?«

»Na ja, ich will doch mehr über das Leben auf dem Land erfahren. Und wegen Mimis Idee sollte ich mir ein Bild von allem machen, was zum Hof gehört.«

Kristof nickt. »Mein Uropa hatte den Traum, auf dem Grundstück mal eine Art kleinen Wald zu haben. Seitdem liegt es brach«, antwortet er karg und wendet sich rasch ab. Aus irgendeinem Grund scheint er nicht bereit zu sein, mir mehr zu erzählen.

Meine Neugier ist jetzt natürlich erst recht geweckt. Das scheint also wirklich das Grundstück zu sein, um das es meinem Chef und diesem Bauunternehmer Schildmann geht.

Und es bleibt diese eine Frage: Wenn Kristof das Land ohnehin nicht nutzt, warum sträubt er sich dann so sehr dagegen, es zu verkaufen?

»Wie machen wir das jetzt?«, frage ich, als wir wenig später den Kuhstall betreten. Die Kühe scheinen zu merken, dass es nun nach draußen gehen soll, denn auf einmal beginnen sie, aufgeregt zu muhen.

»Wir machen nacheinander die Boxen auf und treiben sie zusammen nach draußen«, erklärt Kristof, während er mir ein Seil in die Hand drückt. »Die Kühe sind dabei eigentlich sehr umgänglich. Sie wissen ja, dass sie rausdürfen, und machen super mit.«

Ich muss zugeben, ich habe durchaus Respekt, als wir schließlich hinter der Kuhherde hergehen. Niemals hätte ich gedacht, dass es funktioniert. Aber das tut es tatsächlich.

»Das konnte ich mir vor wenigen Tagen noch gar nicht vorstellen«, sage ich zu Kristof.

Er nickt. »Ja, das ist was anderes als Shopping in der Stadt oder Dating in irgendwelchen angesagten Restaurants.«

»Als ob ich die ganze Zeit nur shoppen gehe und Dates habe«, entgegne ich gespielt entrüstet.

Er grinst. »Na ja, wie sagtest du noch mal? Du hast dich mit einigen Typen getroffen: Sportler, Intellektuelle, Baumfreaks … Als ob ein Landmann da anders wäre.«

»In der Stadt hat man eben ab und zu ein Date. Man trifft sich spontan, und wenn es nichts ist, dann passiert auch nicht mehr. Es ist ja nicht so, dass ich mit jedem dieser Typen was hatte. Und außerdem erzähl mir nicht, dass du hier auf dem Land keine Dates hast!«

»Klar treffe ich mich schon auch mit Frauen. Doch ich habe sie nicht in Kategorien eingeteilt wie du. Wobei, da war mal eine, die hat immer gequietscht, wenn sie lachte. Das wäre eine Kandidatin für die Kategorie *Nervige Frauen* gewesen.«

Ich stimme in sein Lachen ein, denn ich kann mir wahrlich vorstellen, dass diese Frau ihn genervt hat.

»Aber ich habe für Dates kaum Zeit«, erklärt er jetzt. »Und es ist auch schwer, sich auf jemanden einzulassen, wenn man diese Verantwortung für den Hof hat. Ich muss immer früh raus, mich um die Tiere kümmern, bei Wind und Wetter. Viel Urlaub und Freizeit gibt es nicht. Eine Frau, die mit einem

Bauern zusammen ist, muss da auch entsprechend mitmachen.«

»Dann kommt für dich also nur eine Bäuerin infrage?«

Er zuckt mit den Schultern. »Früher war es tatsächlich meistens so, dass die Bauernfamilien untereinander geheiratet haben. Heute ist das natürlich nicht mehr so ausgeprägt, es gibt ja auch nicht mehr so viele Höfe und Bauern. Aber ich kenne noch gut die alten Geschichten. Mein Uropa zum Beispiel verliebte sich tatsächlich in ein Mädchen, das nicht aus einer Bauernfamilie stammte. Damals lebte meine Familie noch in Norddeutschland, wo wir auch unseren Ursprung haben. Es war erst nicht so leicht für die beiden, aber schließlich gab sein Vater doch seinen Segen. Kurze Zeit später verließen sie allerdings ihre Heimat. Viele Bauern befürchteten, ohne eine entsprechende Heirat ihre Betriebe nicht weiterführen zu können. Das mag aus heutiger Sicht merkwürdig klingen, aber auf diese Weise sicherten die Bauern oftmals den Fortbestand ihrer Höfe.« Er winkt ab. »Egal. Jedenfalls kam meine Familie zusammen mit noch ein paar anderen Bauern aus der Umgebung hierher in den Süden und ließ sich in Großreuth nieder. Die Bäume, die du vorhin auf dem brachliegenden Grundstück gesehen hast, brachten sie aus dem Norden mit. Sie sind also genauso alt wie der Hof und alles hier.«

Jetzt bin ich tatsächlich beeindruckt. »Wow, okay. Heißt du deswegen auch Kristof? Ich meine, die Schreibweise ist ja nicht gerade typisch für die Gegend hier.«

»Das siehst du völlig richtig. Ich heiße genauso wie mein Uropa Kristof Neubauer.«

»Das war eine schöne Geste von deinen Eltern. Aber warum heißt der Hof dann Gruberhof?«

»Die Mutter meines Urgroßvaters, also meine Ururgroßmutter, war eine geborene Gruber. Sie ist sehr jung gestorben, als mein Uropa noch ganz klein war. Er hat sie praktisch nie richtig kennengelernt. Der Name *Gruberhof* sollte eine Erinnerung an sie sein – wenn sie schon den Umzug hierher nicht mehr miterleben konnte.« Er lächelt. »Meinem Uropa waren Traditionen sehr wichtig, ebenso die Familie. Und so ist es bis heute geblieben.«

Kristofs Erzählungen haben mich dermaßen in ihren Bann gezogen, dass ich jetzt erst merke, wie warm es inzwischen geworden ist. Die Sonne brennt schon ganz schön.

»Wickele dir doch das Tuch um den Kopf«, schlägt Kristof vor. Er nimmt sein Halstuch ab und reicht es mir. »Das hält ein wenig die Sonne ab.«

Ich nehme das Tuch entgegen und binde es mir um. Nun ist es auch schon egal. »Ich muss sagen, jetzt fühle ich mich endgültig wie eine echte Bäuerin.«

»Stimmt, gerade könntest du echt als eine durchgehen«, antwortet er trocken.

Ich gehe auf ihn zu und zwicke ihn spielerisch in die Seite. »Aber wenn, dann bin ich eine heiße Bäuerin!«

»Natürlich, was sonst!«

Am liebsten würde ich noch mehr über Kristofs Familie und die Geschichte des Hofes erfahren, aber in diesem Augenblick erreichen wir die Weide. »Machst du mal das Gatter auf«, bittet Kristof mich, »dann treibe ich die Kühe rein.«

Ich laufe an der Herde vorbei nach vorn und öffne das Tor. Kristof muss die Kühe gar nicht groß antreiben, sie traben praktisch freiwillig auf die Weide. Als sie nun auch noch entspannt zu grasen beginnen, spüre ich in mir ein gutes, warmes Gefühl. Allerdings verfliegt es im Nu wieder, denn mein Handy summt, und ich ziehe es aus der Tasche. Mist, mein Chef.

»Eines deiner Dates?«, will Kristof mit einem Augenzwinkern wissen.

»Unsinn.« Ich wende mich ab, um nachzusehen, was Herr Sillering mir geschrieben hat.

Weiterhin viel Erfolg, ich baue auf Sie.

Schnell stecke ich das Handy wieder weg.

»So, ich würde sagen, jetzt haben wir uns ein bisschen Wellness verdient«, sagt Kristof. Als ich ihn fragend ansehe, deutet er auf einen Heuballen. »Ein

Heubad. Das habe ich extra in einem Wellnessblog nachgelesen.« Ohne Vorwarnung lässt er sich einfach rücklings ins Heu fallen und greift dann nach seinem Rucksack, den er zuvor neben dem Ballen abgelegt hat. »Jetzt komm schon, lass uns Pause machen.«

Ich setze mich neben ihn und sehe zu, wie er den Rucksack auspackt. Er hat tatsächlich belegte Brote sowie eine Flasche Apfelsaft und zwei Becher dabei.

So sitzen wir schließlich nebeneinander im Heu, genießen unsere Brotzeit und sehen den Kühen beim Grasen zu. Kaum zu glauben, was wir in den letzten Stunden alles gemacht haben. Alles wirkt so einfach.

Nachdem wir aufgegessen haben, meint Kristof: »Pass auf, ich zeige dir jetzt mal was.«

»Okay, und was?«

»Das wirst du gleich sehen.« Er beginnt zu pfeifen, in einem etwas merkwürdigen Ton, gleichzeitig klopft er neben sich auf das Heu. Während ich noch überlege, was das soll, bewegen sich zwei Kühe auf uns zu und legen sich direkt vor uns in die Wiese.

»Nein, oder?« Verblüfft sehe ich zu, wie Kristof eine der beiden Kühe am Rücken krault. »Das ist ja echt süß.«

»Dann komm her, du kannst auch mit ihr kuscheln.«

Mein Herz macht einen heftigen Satz. Echt jetzt? Ich soll mit einer Kuh kuscheln? Aber ich will es versuchen. Also rücke ich etwas näher und strecke vorsichtig die Hand aus. Das Fell der Kuh fühlt sich ganz weich an. Sofort ist da eine Ruhe in mir, die ich gar nicht beschreiben kann. Und mein Herz, es ist so warm. »Das ist so …«

Kristof lächelt. »Schön?«

»Auf jeden Fall.«

»Damit gelingt es mir immer, abzuschalten, die Ruhe zu genießen und Kraft zu tanken.«

Ich fühle, was er meint. Denn mir geht es genauso. »Das würde deinen Gästen sicher gefallen«, sage ich.

»Ja, kann sein.«

Ich sehe ihn an, irgendwas ist da in seinem Blick. »Steht es denn wirklich nicht gut um den Hof?«, frage ich zögernd.

Kristof räuspert sich, doch eine Antwort bekomme ich nicht. »Wir sollten dann mal los«, sagt er stattdessen.

Okay, er will mal wieder nicht reden. Aber warten wir ab, was die nächsten Tage bringen werden.

»Und was machen wir jetzt?«

»Wir liefern das Gemüse bei meiner Oma ab, fahren die Bestellungen aus, danach bringen wir die Kühe zurück in den Stall, melken sie, misten aus, und dann ist der Tag für heute vorbei.«

Ich lächele. »Gut, dann lass uns mal weitermachen.«

Als ich am Abend zurück in mein Zimmer komme, bin ich wirklich erschöpft. In meinen Knochen spüre ich alles, was wir den Tag über gemacht haben. Tatsächlich hatte ich noch viel Spaß mit Kristof. Die Leute, denen wir die Bestellungen vorbeibrachten, waren alle echt nett. Danach haben wir die Kühe von der Weide zurückgeholt, sie gefüttert und gemolken. Kaum waren wir damit fertig, zog sich Kristof zurück. Ich versuchte zwar über den Tag hinweg immer wieder, noch etwas herauszufinden, doch er war nicht besonders gesprächig.

Müde liege ich auf dem Sofa und versuche, die vielen Eindrücke, die heute auf mich eingeprasselt sind, zu ordnen. So viele Eindrücke habe ich gewonnen, aber nur sehr wenige brauchbare Informationen. Sicherlich hadert Kristof mit sich, weil das Grundstück für die Tradition der Familie steht.

Wie es um den Hof bestellt ist, konnte ich auch nicht so genau in Erfahrung bringen. Aber Mimi deutete ja schon an, dass es wohl nicht so gut geht. Sonst wäre ich auch nicht hier. Ach, das ist alles total aufreibend. Doch eines muss ich schon sagen: Mimi hatte nicht unrecht. Gäste hier auf dem Hof zu haben, würde Geld bringen. Aber ich verstehe auch Kristofs Gedanken. Es könnte schon funktionieren, die Gäste in das Leben hier einzubinden. Mit den Kühen zu kuscheln, war unglaublich schön. Wie zahm sie waren. Was für ein Erlebnis. Wenn ich daran denke, fühlt sich mein Herz sofort wieder warm an.

Ich beschließe, Mimi anzurufen, weil ich einfach mal mit ihr reden will.

»Hey. Wie war es heute bei dir?«, will sie sogleich wissen, nachdem sie den Anruf angenommen hat.

»Es war … irgendwie schön, ja.«

»Na also, hab ich dir doch gesagt.«

Ich schildere kurz, welche Bedenken Kristof hat und was er sich stattdessen für den Hof wünscht.

»Ich verstehe schon, was er meint«, sagt Mimi nachdenklich. »Wenn ihr es so machen könntet, wie er es sich vorstellt, wäre es doch perfekt.«

»Ja, das könnte wirklich funktionieren.«

»Das würde mich freuen, Kristof hätte es echt verdient.«

»Ich sehe eben das Problem, dass er ziemlich allein mit der Arbeit auf dem Hof ist«, wende ich ein. »Gut, da ist Margarete, aber sie ist auch nicht mehr die Jüngste. Hat er denn sonst niemanden, der ihm helfen kann?«

Sie schluckt hörbar. »Aus der Familie nicht. Er müsste fremde Arbeiter einstellen, und die kosten wieder Geld, das er nicht hat.«

»Wo sind eigentlich seine Eltern?«, frage ich.

»Das soll er dir am besten selbst erzählen. Ich möchte da nichts vorwegnehmen.«

»Okay.« Ich seufze. »Ich habe ja schon versucht, ein bisschen was herauszubekommen, aber er schwenkt dann immer gleich auf ein anderes Thema um.«

»Kristof muss erst merken, dass er dir vertrauen kann. Er hat ein paar unschöne Erfahrungen gemacht.«

Ein Stich fährt durch meine Brust. Was da wohl passiert ist? »Und wie ist es bei dir?«, will ich wissen, weil ich mich ein wenig ablenken muss.

»Es ist so aufregend. Ich freue mich schon darauf, bis die Sendung im Fernsehen läuft. Unser Betrieb wird ja auch gezeigt, aber erst ganz zum Schluss. Ich hoffe sehr, du bist dann noch hier. Es wäre so cool, wenn wir es uns zusammen anschauen könnten.«

»Wann ist die Sendung denn eingeplant?«

»Gesendet wird sie am Sonntag. Am Samstag ist noch ein Dreh, das wäre dein letzter Urlaubstag.«

Ich atme tief durch. »Na ja, eigentlich bin ich schon am Freitag weg.«

»Kannst du nicht länger bleiben? Du musst einfach hier sein, bitte. Und ich möchte ja auch noch alles wegen unserer Idee wissen. Ein Nein lasse ich nicht gelten.«

Ihre Hartnäckigkeit lässt mich lächeln, dennoch spüre ich wieder diesen Stich. Ich muss mit Kristof reden, ihm die Wahrheit sagen.

Ach, das Ganze ist einfach nur bescheuert.

»Ich muss jetzt auflegen«, sagt Mimi. »Ich treffe mich gleich noch mit den anderen Landfrauen und dem Regisseur zu einer weiteren Vorbesprechung. Und Katja?«

»Ja?«

»Kristof ist ein guter Kerl, wirklich, aber das hast du bestimmt auch schon selbst gemerkt.«

»Er ist echt okay, ja.«

»Und attraktiv ...«

Ich muss lachen. »Das auch ein wenig.« In diesem Augenblick klopft es an meinem Handy an. Mist, schon wieder mein Chef. »Also, wir hören uns morgen.« Dann lege ich schnell auf und nehme das andere Gespräch an.

»Frau Hirschberger, endlich erreiche ich Sie.« Wieder kein Wort der Begrüßung, so wie heute Vormittag auch schon. »Wie ist der Stand, gibt es Neuigkeiten? Das wäre wirklich wichtig.«

»Guten Abend, Herr Sillering«, antworte ich betont. »Bisher weiß ich nicht besonders viel, aber ich bin dran. Ich habe das Gefühl, er öffnet sich langsam.«

»In Ordnung, bleiben Sie bitte am Ball. Ich brauche dringend erste Ergebnisse.«

»Das mache ich.«

Mein Herz klopft heftig, nachdem ich das Telefonat beendet habe. So ein Mist. Ich habe absolut keine Ahnung, was ich tun soll.

Sie küssen doch ganz gut

Am Morgen des dritten Tages gehen mir die Arbeiten auf dem Hof schon mit einer gewissen Routine von der Hand. Kristof und ich misten den Kuhstall aus und melken die Kühe, ich hole die Eier aus dem Hühnerstall, und nach dem Frühstück kümmern wir uns um das, was gerade anfällt.

So stellt man sich vielleicht keinen typischen Urlaub vor, aber tatsächlich fühlt es sich für mich seit Langem mal wieder wie einer an – auch wenn es nicht echt ist und Herr Sillering mir immer mehr auf die Pelle rückt, weil er unbedingt Ergebnisse sehen will. Langsam läuft mir wirklich die Zeit davon.

Trotzdem tut mir die Zeit auf dem Hof gut, so gut wie schon lange nichts mehr in meinem Leben. Vor allem die Kuscheleinheiten mit den Tieren erfüllen mein Herz so sehr, und ich spüre eine tiefe Ruhe in mir. Hin und wieder versuche ich, mit Kristof zu reden, doch wenn es um das eine Thema geht, blockt er immer noch ab.

Wie an den letzten Tagen auch fahren wir nach der Mittagspause die Bestellungen aus. Als wir den Transporter beladen, fällt mir eine Flasche mit Zaubertrank auf, die Kristof zwischen die Kisten gesteckt hat.

»Für wen ist die denn?«, frage ich.

Kristof lächelt. »Für Johann, einen alten Freund der Familie.«

Zuerst beliefern wir die Kunden: Restaurants, kleine Bioläden, Bennos Metzgerei, die Bäckerei am Ort. Zuletzt hält Kristof vor einem alten Haus an, das ziemlich abseits liegt.

Wir steigen aus, und Kristof holt gerade noch die Flasche aus dem Laderaum, als uns schon ein weißhaariger Mann mit einem Gehstock entgegenkommt. »Endlich wieder das gute Zeug für mich!«, ruft er.

Kristof lacht. »Allzu viel ist nicht mehr da, also sei sparsam, Johann.«

»Ach nein, das darf doch nicht wahr sein.« Der Mann seufzt. »Der alte Sturkopf, Gott hab ihn selig.«

Auf einmal wirkt Kristof bedrückt. »So war er eben.«

»Und wie steht es um den Hof?«, will Johann wissen. »Ich habe gehört, die Bank macht Druck?«

»Nicht nur die. Ich weiß wirklich nicht, was ich tun soll.«

Ich beschließe, mich in das Gespräch einzuklinken. »Aber wir arbeiten an einem Plan.«

Johann sieht mich fragend an. »Ach ja? Und wer sind Sie?«

»Katja, eine Freundin von Mimi. Ich bin aus der Stadt und … na ja, wir haben uns überlegt, wie der Hof Gäste anlocken könnte …«

Johann hebt eine Augenbraue. »Hört, hört. Da hast du aber jemanden an deiner Seite, der rangeht, Kristof.«

»Mal sehen. Auf dem Papier klingt immer alles so einfach. Viel einfacher als in der Realität.«

»Haben sich diese Immobiliengeier wieder bei dir gemeldet?«

»Ja, sie haben mir auch ein Angebot gemacht. Aber ich will den Hof nicht verkaufen und das Grundstück auch nicht. Es geht einfach nicht.«

»Wenn ich dir nur irgendwie helfen könnte.« Johann seufzt tief. »Doch ich bin alt und hab auch nichts außer dem Haus, und das ist kaum was wert.«

Kristof lächelt ihn an. »Alles gut, Johann, du bist immer ein guter Freund. Das warst du schon für meinen Opa. Wir machen uns dann mal auf den Weg nach Hause.«

»Danke, Junge. Deine Eltern wären stolz auf dich. Und dein Opa auch, ich weiß es.«

Kristof zuckt mit den Schultern, antwortet jedoch nichts.

Auf der kurzen Strecke zurück zum Hof schweigt er. Auch als wir danach den Stall ausmisten und die

Kühe melken, ist er noch immer in sich gekehrt. Ich hingegen habe so viele Fragen. Irgendwas ist hier passiert, aber was?

Beim Abendessen berichte ich Margarete, was wir den Tag über gemacht haben. Kristof wirkt nun etwas entspannter. Doch nach dem Essen macht er bald Anstalten, sich zurückzuziehen. Ich muss zugeben, irgendwie mag ich ihn und möchte ihn jetzt nicht allein lassen. Zumindest will ich versuchen, mit ihm zu reden. Und wenn es auch über etwas anderes als über den Hof ist.

»Was machst du jetzt noch?«, frage ich ihn, als wir gemeinsam die Küche verlassen und hinaus auf den Flur treten. Irgendwie muss ich ihn dazu bringen, dass wir nun noch etwas Zeit zusammen verbringen. »Meinst du, du könntest mir noch den Hof zeigen?«, schlage ich vor. »Damit ich weiß, wovon ich spreche, wenn ich das Konzept ausarbeite.«

Kristof sieht mich stirnrunzelnd an. »Jetzt?«

»Wenn es für dich in Ordnung ist?«

Er überlegt kurz, dann nickt er. »Also gut, machen wir noch eine kleine Führung.«

Schließlich zeigt er mir alles, was ich noch nicht kenne – von der Halle, in der die Maschinen stehen, über den Heuboden bis zu dem alten Schlachtraum, der nicht mehr in Betrieb ist. Nahezu gierig sauge ich alles in mich auf. Kristof ist nun nicht mehr ganz so in sich gekehrt, und ich bin froh darüber. Natürlich muss ich auch immer wieder daran denken, wie es war, ihn zu küssen, und dass ich es wirklich genossen habe.

»So, und dann hätten wir hier noch den Kartoffelkeller«, sagt er am Ende unseres Rundgangs, und ich folge ihm die Treppe nach unten.

Im Keller ist es kühl und dunkel. Kristof erklärt mir, dass das gerade richtig ist für die Kartoffeln, die hier in Säcken und großen Kisten lagern. Mir ist, als könnte ich die alte Zeit beinahe spüren.

Mein Blick fällt auf eine Tür, die verschlossen ist. »Und was ist da drin?«, will ich wissen.

Kristof sieht mich an, in seinen Augen liegt etwas Undefinierbares. »Eine kleine Schnapsbrennerei.«

Jetzt wird mir einiges klar. »Der Zaubertrank?«

»Ja.«

»Darf ich sie sehen?«

Erst wirkt er nahezu versteinert, doch dann willigt er ein. »Also gut, meinetwegen.«

Als wir den Raum betreten, traue ich meinen Augen kaum. Die Brennerei scheint noch komplett erhalten zu sein, zumindest so weit ich es als Laie beurteilen kann. Im dämmrigen Licht erkenne ich einen Brennofen, eine ganze Reihe von alten Flaschen, große Glaskolben und noch einiges mehr an Geräten und Zubehör.

»Das … das ist ja unglaublich«, flüstere ich.

Kristof nickt. »Eine kleine, feine Brennerei mit allem, was man braucht. Sie war die große Leidenschaft meines Urgroßvaters. Er hat damals ja auch den Zaubertrank erfunden, genau hier.«

»Aber das ist doch der Wahnsinn.«

»Ja, das ist es. Das Wissen und die Rezepte wurden über Generationen immer vom Vater an den Sohn weitergegeben. Die Weitergabe war ein richtiges Ritual, als würde ein Geheimnis offenbart. Ich wäre nach meinem Papa auch an der Reihe gewesen, aber …« Er schluckt ein paarmal fest, dann winkt er ab. »Egal, lass uns mal wieder gehen.«

Obwohl ich zu gern noch mehr darüber erfahren hätte, folge ich Kristof nach draußen und die Treppe hoch. Oben angekommen, stehen wir uns etwas unschlüssig gegenüber, und ich habe das Gefühl, dass ich irgendwas von mir geben muss.

»Danke für die Führung«, sage ich. »Es war toll.« Und das meine ich auch wirklich so.

Kristof wirkt ebenfalls ein wenig verlegen. »Gern. Dann also bis morgen.«

»Gehst du jetzt schon schlafen?«

»Na ja, morgen geht es schon früh wieder raus. Lange mache ich jedenfalls nicht mehr. Ich werde wohl noch wie jeden Abend ein bisschen relaxen, Gitarre spielen oder so und dann schlafen gehen, ja.«

»Du spielst Gitarre? Echt?«

Er lächelt. »Ja, echt.«

»Ich finde es total schön, wenn man ein Instrument spielen kann. Und ich mag Gitarrenmusik. Mein Papa hat auch immer Gitarre gespielt.«

»Hat?«

»Er ist gestorben, vor zwei Jahren.« Meine Stimme wird ein wenig brüchig.

»Ein mieses Gefühl, ein Elternteil zu verlieren, oder?«

Erstaunt sehe ich ihn an. Damit habe ich nicht gerechnet. »Ja, das ist es.«

»Ich habe meine Eltern auch verloren.« Er senkt den Blick. »Aber ich rede nicht gern darüber.«

»Das tut mir leid.«

»Ja, mir auch. Und für dich ebenfalls. Mir fehlen meine Eltern wirklich sehr.«

»Danke. Das kann ich gut nachfühlen.« Auf einmal hat sich in meinem Magen ein schwerer Stein gebildet. Doch andererseits spüre ich auch, dass dies der Moment sein könnte. So weit wie jetzt hat Kristof sich mir noch nie geöffnet. Also traue ich mich einfach. »In den letzten Tagen habe ich mir Gedanken gemacht«, sage ich. »Ich habe ja immer mehr von deinem Alltag mitbekommen und weiß jetzt auch, wie du dir das alles vorstellst.«

»Und? Zu welchem Schluss bist du gekommen?«

»Mimi hat recht, du solltest den Leuten eine Möglichkeit bieten, sich hier aufzuhalten. Und zwar so, wie du es im Sinn hast: sie in die Abläufe auf dem

Hof zu integrieren, damit sie das wahre Leben auf dem Land kennenlernen. Das tut so gut. Mir geht es seitdem viel besser.«

Unsere Blicke treffen sich.

»Ich habe schon gemerkt, wie du es genießt, wenn wir auf der Weide eine Pause machen«, antwortet Kristof. »Aber ging es dir denn so schlecht?«

»Nicht direkt. Mir war allerdings auch nicht bewusst, wie sehr ich innerlich immer unter Stress stehe. Jetzt zur Abwechslung mal diese Ruhe zu fühlen, ist etwas völlig Ungewohntes für mich.« Verlegen beiße ich mir auf die Unterlippe. »Das ist wirklich so. Ich glaube, ich kann nie wieder Rindfleisch essen.«

Lächelnd streicht er sich durch die Haare, und mir fällt auf, wie schön seine Augen sind, wie sie mich geradezu anziehen. Dieses tiefe Grün löst etwas in mir aus. Ein Gefühl von Geborgenheit.

»Auch die Führung gerade hat mir viel Spaß gemacht«, füge ich hinzu. »Ich sollte nur noch ein paar Dinge wissen, um sie in mein Konzept einzubauen. Irgendwie …« Ich räuspere mich. »Irgendwie habe ich so viele Fragen. Wie es wirklich um den Hof steht zum Beispiel, was da mit der Bank ist und mit diesem Angebot, von dem Johann gesprochen hat.«

»Nun, na ja …«

Gespannt warte ich. Ist Kristof jetzt bereit, mir mehr zu erzählen? Eigentlich bin ich mir fast sicher, dass er mich mal wieder nicht zu sich durchdringen lässt. Doch auf einmal ist da etwas in seinem Blick, das mir sagt, dass es nun so weit sein könnte.

»Wenn du willst, können wir ja noch eine Weile reden«, antwortet er tatsächlich. »Bei der Gelegenheit könntest du dir auch gleich meine Wohnung ansehen.«

Damit habe ich wirklich nicht gerechnet.

»Ein Date also?« Ich pikse ihn leicht in die Seite, um dem Ganzen die Ernsthaftigkeit zu nehmen. »Nein, keine Sorge, es wäre nur wegen der Arbeit – oder wie wir es nennen wollen.«

Er nickt. »Klar, wegen der Arbeit. Das Konzept und so.«

»Ich mache mich nur kurz frisch, dann bin ich gleich bei dir.«

»Gut, einfach klingeln. Du weißt ja, wo du mich findest.«

Okay, ich bin tatsächlich nervös. Aber nur, weil ich das Gefühl habe, jetzt langsam zu Kristof durchzudringen. Zumindest rede ich mir das ein. Doch wenn ich ehrlich bin, hat meine Nervosität auch einen anderen Grund: Ich freue mich, gleich noch mehr Zeit mit Kristof verbringen zu können.

Ich habe mir ein beigefarbenes Kleid angezogen, dazu eine kaffeebraune Weste und Sandalen. Auch leichtes Make-up habe ich aufgelegt. Wenn schon, denn schon.

Während ich mich lächelnd vor dem Spiegel drehe, klingelt mein Telefon. Es ist Mimi, diesmal mit einem Videoanruf.

»Hey«, begrüße ich sie. »Du wirst nicht glauben, was ich gleich mache. Ich werde mit Kristof über das Konzept für den Hof reden.«

»Und dafür hast du dich so aufgebrezelt?«

Ich lache. »Ich werde mich doch wohl noch zurechtmachen dürfen. Du hast ja auch ein Dirndl an, kann das sein?«

»Oh ja. Das wollte ich dir unbedingt zeigen. Schau dir mal den Ausschnitt an. Ist der nicht der Wahnsinn?«

»Absolut. Da kann ich nicht mithalten.«

»Aber du siehst doch auch toll aus.« Sie hebt den Daumen.

»Danke.« Kurz sehen wir uns nur an. »Ich bin echt gespannt, wie es wird«, sage ich dann. »Ich glaube, Kristofs Hof ist es tatsächlich wert.«

Mimi nickt. »Das ist er. Und vielleicht ist es wirklich so, dass er langsam beginnt, dir zu vertrauen.«

»Er hat mir erzählt, dass seine Eltern tot sind.«

»Ehrlich? Das ist doch schon mal etwas. Ja, das war damals ziemlich schlimm. Erst kurz zuvor sein Opa, dann beide Eltern auf einmal. Aber darüber soll er dir mehr erzählen, okay?«

»Klar«, antworte ich. »Dann hören wir uns morgen wieder?«

»Natürlich. Also viel Spaß noch. Und schlaf gut.«

»Danke, du auch.«

Noch ein letzter Blick in den Spiegel, ehe ich nach meiner Mappe und den Notizblock greife und das Zimmer verlasse.

»Hey, ich habe schon auf dich gewartet.« Mit diesen Worten begrüßt mich Kristof, als er mir die Tür öffnet.

Ich muss sagen, er sieht echt gut aus. Er hat sich ebenfalls umgezogen und wohl auch geduscht, denn seine Haare sind noch leicht feucht. Das weiße Shirt bringt seine gebräunte Haut besonders gut zur Geltung, ebenso seine Augen. Dieses unglaubliche Grün.

»Hey«, antworte ich und halte die Mappe in meiner Hand hoch. »Und ich habe hier auch noch etwas mitgebracht.«

»Was ist das?«

»Ein paar Fragmente für das Konzept. Noch lange nicht alles, nur mal erste Überlegungen.«

Er nickt. »Da bin ich gespannt. Komm rein.«

Ich betrete die Wohnung und sehe mich staunend um. Irgendwie hatte ich wohl eine Art rustikale Bauernstube erwartet, doch es ist alles andere als das. Eine sehr geschmackvolle Kombination von modernem Ambiente mit alten, traditionellen Elementen.

»Das ist ja wunderschön«, flüstere ich und bin ganz begeistert.

»Es hat zwar einige Zeit gedauert, bis alles so war, wie ich es mir vorgestellt habe, aber ich denke, es hat sich gelohnt.«

»Auf jeden Fall.« Ich lasse meinen Blick weiter schweifen und entdecke immer noch etwas Neues, das mich fasziniert.

»Komm, gehen wir in den Garten«, schlägt Kristof vor.

Er hat einen Garten? Wie soll das gehen?

Wir durchqueren das Wohnzimmer, treten durch eine breite Glastür nach draußen und finden uns in einer Art Innenhof wieder, in dem unzählige Blumen einen betörenden Duft verströmen. Vor der Glasfront zum Wohnzimmer befindet sich ein großer Holztisch, umgeben von gemütlich aussehenden Loungemöbeln mit gestreiften Polstern. Alles ist mit Weinfässern, alten Gießkannen sowie Blumenkübeln aus Messing geschmackvoll dekoriert. Bei diesem Anblick klopft mein Herz schneller.

»Ist das da eine Feuerstelle?«, frage ich aufgeregt.

Kristof nickt. »Ja, das ist es. Man kann sie zum Grillen nutzen, aber auch nur, um sich zu wärmen, wenn es abends frisch werden sollte. Jetzt setz dich doch erst mal. Willst du was trinken?«

»Was hast du denn da?«

»Wein, Bier, Likör … Oder den berühmten Zaubertrank.« Er zwinkert mir zu.

»Ich nehme erst mal einen Wein. Aber mal ehrlich, dieser Zaubertrank ist wirklich lecker.«

»Das ist er. Also gut, dann bringe ich dir einen Wein. Weiß oder rot?«

»Weiß.«

Es dauert nicht lange, bis Kristof mit zwei Kristallgläsern und einer Flasche Weißwein zurückkommt und alles auf dem Tisch abstellt. Er schenkt uns ein, dann setzt er sich neben mich. »Okay, ich bin gespannt, was du dir überlegt hast, Katja.«

Ich hebe mein Glas, Kristof ebenfalls, und wir stoßen an.

»Und ich bin gespannt, was du dazu sagst«, antworte ich. »Wie schon erwähnt habe ich auch noch ein paar Fragen.«

Kurz liegen unsere Blicke intensiv aufeinander, doch dann öffne ich meine Mappe und lege los. Ich erkläre Kristof, wie man in den sozialen Medien, in Magazinen oder auch mit einer Website Werbung für den Hof machen könnte.

»Inhaltlich sollten das Leben auf dem Hof und die Nachhaltigkeit im Vordergrund stehen«, sage ich und drücke ihm die Seiten mit meinen ersten Entwürfen in die Hand. »Und wegen des Kuhkuschelns habe ich mal recherchiert. Es scheint ein Trend zu sein, den allerdings erst ganz wenige anbieten. Ich denke, es könnte eine superschöne Sache sein, jedoch vorerst nur für die Gäste, die auch auf dem Hof wohnen.«

Kristof betrachtet sich meine Notizen ausführlich und nickt dann. »Ganz ehrlich, das hört sich echt gut an. Du hast tatsächlich alles so umgesetzt, wie ich es mir vorstelle.«

»Ich muss zugeben, deine Idee, die Gäste in das Leben auf dem Hof zu integrieren, ist wirklich gut. Sie sollen sich hier nicht einfach in den erstbesten Liegestuhl setzen und so tun, als wären sie immer noch in der Stadt. Es ist viel besser, den Menschen die Natur und das echte Leben auf dem Land nahezubringen.« Ich lächle. »Man muss die Lücke im Angebot finden, und das ist eine, wie ich finde. Etwas, das sonst kaum jemand hat. Luxushotels gibt es wie … keine Ahnung, wie Heu im Stall. Aber das Leben hier ist echt, und wenn wir das in der Werbung entsprechend hervorheben, werden auch gezielt die Gäste kommen, die darauf Lust haben.«

Kristof sieht sich alles noch mal genau an. »Ich bin tatsächlich beeindruckt. Wer hätte das gedacht?«

»Gib's zu, du hast mich unterschätzt. Du dachtest, ich bin einfach nur ein aufgetakeltes Stadtmädchen, das sich nicht die Hände schmutzig machen kann und will.«

»Das stimmt.« Er grinst. »Du hast mich auch in dieser Hinsicht überrascht. Ich dachte, du wirfst schon am ersten Tag alles hin. Denn das Leben auf einem Bauernhof ist zwar schön, aber auch hart. Da ist nichts mit Schickimicki, zumindest kommt man damit nicht weit.«

»Das ist mir klar. Übrigens bin ich nicht nur diese Schickimicki-Tussi, die du in mir gesehen hast, die in High Heels daherkommt und kluge Reden schwingt. Ich weiß durchaus, was harte Arbeit ist. Du hast dir einfach so ein Urteil über mich gebildet, dabei wusstest du überhaupt nichts von mir.«

»Stimmt, und das tut mir im Nachhinein auch echt leid. Sorry.« Er hält mir seine Hand hin, und ich ergreife sie.

Als seine Haut meine berührt, rieselt ein warmer Schauer durch meinen Körper. »Entschuldigung angenommen.«

»Weißt du was? Erzähl mir doch einfach mal etwas über dich«, schlägt Kristof vor.

»Jetzt gleich?«

»Klar, ich hab gerade Zeit – und du doch auch, oder?«

Ich atme mehrmals tief durch, ehe ich zu sprechen beginne. »Na ja, ich würde sagen, ich bin eine, die weiß, was sie will. Das musste ich schon sehr früh lernen. Mein Papa sagte immer zu mir, dass ich nur bestehen kann, wenn ich jederzeit bereit bin, an mir zu arbeiten. Und nachdem meine Mutter früh starb, musste ich mit zehn Jahren schon allein den Haushalt schmeißen und für mich selbst sorgen. Mein Papa war beruflich viel unterwegs, er war Professor an der Uni. Ihn habe ich mir als Kind zum Vorbild genommen. Ich war fleißig, habe gelernt, wollte Erfolg. Er hat mich außerdem gelehrt, dass man sparen muss, wenn man sich etwas leisten möchte. Vielleicht kommt daher ja auch diese Eitelkeit mit meinem Auto, dass ich nicht in diesen Kuhfladen reinfahren wollte.« Ich zwinkere Kristof zu, und er lächelt zurück. »Ich habe also fleißig gebüffelt, einen guten Abschluss geschafft, und jetzt sitze ich in dieser Agentur, auf die ich eigentlich gar keine Lust habe. Aber okay, es ist eben Arbeit. Und ich denke, ich bin gut in dem, was ich tue.«

Schnell stoppe ich. Ich merke, dass ich mich gerade auf einem ganz schmalen Grat bewege. Jetzt muss ich aufpassen, was ich sage. Nicht dass ich mich noch irgendwie verrate.

»Marketing?«, fragt Kristof.

»Unter anderem.«

»Und warum hast du keine Lust darauf?«

»Na ja, meistens bin ich für die Partner der Agentur tätig. Manchmal würde ich jedoch lieber so etwas machen, wie zum Beispiel dieses Konzept für dich zu entwickeln. Unternehmen beraten und unterstützen, ihnen helfen.«

»Aber man sollte schon etwas tun, das einen erfüllt, oder?«, gibt er zu bedenken.

Einen Moment überlege ich. »Wie soll ich das ausdrücken? Mich hat immer der Erfolg erfüllt. Dieses Gefühl, wenn es funktioniert, egal auf welche Art und Weise. Aber gerade ist es anders, das muss ich zugeben. Es ist eine andere Art von Erfolg. So etwas habe ich noch nie gefühlt.«

Unsere Blicke treffen sich. »Weil du merkst, dass du etwas tust, das dich glücklich macht?«

»Das kann gut sein. Vielleicht ist es dieses Gefühl, gerade mit den Tieren, dass ich niemandem etwas beweisen muss.«

Kristof nickt. »Ich weiß gut, was du meinst. Den Tieren ist es einfach nur wichtig, dass du da bist.«

Er hat völlig recht, das ist wirklich so.

»Ich bin so albern, oder?«, frage ich und trinke noch einen Schluck von meinem Wein.

»Warum albern? Nein, ich finde das gut.«

Erneut verweben sich unsere Blicke, und mit einem Mal ist da so eine Vertrautheit zwischen uns, dass ich es einfach wage. »Wie ist es bei dir, Kristof? Bitte sag es mir ganz ehrlich. Wie steht es um den Hof?«

Er schweigt, und ich fürchte schon, dass er sich nun wieder verschließt. Doch nach ein paar Augenblicken räuspert er sich. »Ehrlich gesagt könnte es besser sein. Ich habe Schulden und muss eine Möglichkeit finden, wie ich den Hof halten kann. Aber ich habe auch ein Angebot vorliegen, das Grundstück mit den Bäumen zu verkaufen und ebenso den gesamten Hof. Dieser Bauunternehmer, der das alles haben möchte, tritt sehr forsch auf.«

Von dem Angebot für das Grundstück wusste ich ja. Aber dass es auch schon ein konkretes Angebot für den Hof gibt, ist mir neu.

Ehe ich etwas entgegnen kann, spricht Kristof schon weiter. »Das Problem ist, dass mir auch die Bank im Nacken sitzt. Nach dem Tod meiner Eltern erfuhr ich, dass sie einen Kredit aufgenommen hatten, der mich sehr angreifbar macht. Momentan kann ich das, was noch aussteht, nicht bezahlen, manchmal sogar nicht mal die Zinsen. Der Kredit sollte dazu verwendet werden, um in den Hof zu investieren, vor allem in die Brennerei. Sie wollten das Produktsortiment ausbauen, die Produktionsmenge erhöhen, alles professioneller aufziehen, und dazu mussten neue Maschinen angeschafft werden. Als dann nach ihrem Tod alles auf mich zurollte, stand ich ganz schön blöd da. Ich weiß, sie hatten noch vor, mit mir darüber zu reden, doch es konnte ja keiner ahnen, dass sie …« Er schluckt.

»Was ist denn passiert?«, frage ich zaghaft.

»Ich hatte mit Kumpels von der Landwirtschaftsschule Urlaub gemacht. Bei meiner Rückkehr fuhren meine Eltern zum Flughafen, um mich abzuholen. Ein simpler Unfall auf der Autobahn, und mit einem Mal waren sie beide nicht mehr da. An manchen Tagen fühlt es sich an, als wäre es meine Schuld. Sie hatten noch so viel geplant. Mit der Brennerei zum Beispiel. Mein Papa beherrschte das Brennen perfekt, und er kannte auch die Rezeptur des Zaubertranks. Wenn er sie doch nur irgendwo aufgeschrieben hätte. Damit wäre auf einen Schlag alles viel einfacher, ich könnte gegenüber der Bank und diesem Investor ganz anders auftreten. Aber das Rezept existierte nur in seinem Kopf, das war anscheinend auch schon bei meinem Opa und Uropa so.«

Mein Herz pocht schmerzhaft. »Und deine Oma?«

»Sie tut natürlich auch, was sie kann. Trotzdem werde ich den Hof wohl nicht halten können und verkaufen müssen. Sonst wird die Bank irgendwann alles versteigern. Ich werde also so oder so den Hof verlieren, ob ich das Angebot dieses Immobilienhais annehme oder nicht.«

Mir wird unglaublich schwer im Magen. Ich habe mit allem gerechnet, jedoch nicht damit. Und was besonders schlimm an der Sache ist: Es wäre ein Leichtes für mich, Kristof auszuliefern. Die Schulden bei der Bank drücken ihn so sehr, dass mein Chef nur warten müsste, bis sich praktisch alles von selbst erledigt. Doch das möchte ich nicht. Das bringe ich nicht übers Herz.

»Jetzt schaust du ziemlich traurig aus«, sagt er mit einem Mal.

»Das bin ich auch.« Ich nehme noch einen Schluck von meinem Wein. »Man könnte sicherlich der Bank das Konzept vorlegen und um Aufschub bitten. Ich denke, das wäre mal ein erster Schritt und würde dir ein wenig Luft verschaffen.«

»Das schon, aber ob die Bank so lange wartet, bis das Konzept umgesetzt ist und erste Erfolge zeigt?« Kristof fährt sich mit beiden Händen durch die Haare. »Wenn ich nur wüsste, warum mein Vater so viel Geld in die Brennerei und diese Bäume investiert hat. Warte, ich zeige dir was.« Er steht auf und kommt mit einem Buch zurück, das in schwarzes Leder gebunden ist.

»Was ist das?«

»Ein Fotoalbum. Das ist die Geschichte dieses Hofes.« Er öffnet das Album, das nicht nur unzählige Bilder, sondern auch Zeichnungen enthält.

Auf einem der Fotos ist ein älterer Mann abgebildet. Der Raum, in dem er sich befindet, kommt mir irgendwie bekannt vor. »Wer ist das?«

»Das ist mein Uropa, in deinem Zimmer.«

»Ach, deswegen kommt es mir so bekannt vor. Auch wenn es heute natürlich ein wenig anders aussieht.«

»Er war ganz stolz, als er das alles hier fertiggestellt hatte«, erzählt Kristof.

»Das glaube ich dir.« Ich mustere das Foto und entdecke auf einer Kommode im Hintergrund eine kleine rechteckige Dose aus Metall.

»Das ist die Naschkiste meiner Uroma, in der sie angeblich immer Bonbons versteckt hatte. Niemand traute sich an die Kiste ran. Meine Uroma hatte wohl einen Riecher dafür, wenn man naschen wollte, ohne sie zu fragen. Das weiß ich von meinem Opa.« Dann blättert er weiter.

»Ah, das ist der Keller«, sage ich. Er sieht praktisch noch genauso aus wie damals. Nur am seitlichen Rand des Fotos fällt mir etwas auf. Eine Art Behälter.

Doch ich denke nicht weiter darüber nach, denn auf einem weiteren Bild ist Kristof nun zusammen mit seinen Eltern zu sehen. »Ihr Tod hat mir den Boden unter den Füßen weggerissen«, sagt er leise. »Aber ich kämpfe mich durch. Auch für sie.«

Aus einem Impuls heraus greife ich nach seiner Hand und drücke sie leicht. Ich würde ihm gern so vieles sagen, doch es braucht in diesem Augenblick keine Worte. Einfach so beuge ich mich vor und küsse ihn. Weil mir danach ist, weil ich es die ganze Zeit wollte und weil … Ja, warum? Weil ich ihn mag. Sehr sogar.

Unser Kuss vertieft sich, mein Herz schlägt gegen seines, und irgendwann spüre ich seine Hände an meiner Taille. Er zieht mich noch näher an sich heran. Zwischen uns scheint es eine besondere Magie zu geben. Die Zeit mit ihm ist so kurz, fühlt sich aber so intensiv an, als wären es mehrere Jahre.

Eine ganze Weile versinken wir in diesem Kuss. Danach löst sich Kristof von mir und sieht mir in die Augen. »Damit habe ich nicht gerechnet.«

»Schlimm?«

Er lächelt. »Alles andere als das. Ich gebe zu, am Anfang war ich echt skeptisch, aber inzwischen bin ich froh, dich hier zu haben.«

In meinem Hals bildet sich ein fester Kloß, und ich schaffe es nicht, ihn hinunterzuschlucken. Ich bin eine Lügnerin. Ein gemeiner Mensch. Ich muss es ihm sagen.

Stattdessen küsse ich ihn wieder, ganz zart und sage das, was ich nicht sagen sollte. »Irgendwie kriegen wir das hin, ganz sicher.«

Wir küssen uns noch viele Male, aber irgendwann ist es Zeit, schlafen zu gehen.

»Dann begleite ich dich mal zurück«, sagt Kristof. »Nicht, dass dich der Geist meiner Uroma …«

Ich lege ihm einen Finger auf die Lippen. »Hör bloß auf damit.«

Ein Teil von mir würde jetzt gern bei ihm bleiben. Doch es ist wohl besser so. Morgen muss ich meinem Chef sagen, dass es keine Chance gibt. Dass Kristof nicht verkauft und sie sich ein anderes Objekt suchen müssen. Ja, das werde ich gleich in der Früh erledigen.

»Danke, es war schön heute«, sage ich, als wir wenig später vor meiner Zimmertür stehen bleiben.

»Das finde ich auch.« Kristof nickt. »Ich muss mich bei dir bedanken.«

»Und Kristof?«

»Ja?«

»Ich habe gelogen, Landjungs küssen doch ganz gut. Sehr gut sogar.«

Habe ich das wirklich gesagt?

Er lächelt. »Stadtmädchen aber auch. Daran könnte ich mich gewöhnen.«

Ich beiße mir leicht auf die Unterlippe. Verdammt, ich wollte doch mehr. Und er? Mit einem Mal ist da diese stumme Frage zwischen uns.

Kristof ist es, der sie beantwortet. Seine Hände umfassen mein Gesicht, sein Blick sucht meinen. Ich bin wie gefangen in seinen Augen, in seiner Berührung. Endlich legt er seine Lippen erneut auf meine, voller Leidenschaft, fordernd und doch zärtlich. Aber diesmal, so fühlt es sich an, wird es nicht nur bei Küssen bleiben.

Als er mich hochhebt und ins Zimmer trägt, beginnt mein gesamter Körper zu beben und zu kribbeln, beinahe so, als säßen wir auf dem Traktor. Dieser Kuss, diese Lippen, diese Berührungen. Es ist so viel zwischen uns. Doch in diesem Moment ist alles egal.

Wie küssen uns wieder und wieder. Unsere Kleidung fällt, und wir landen auf der Matratze. Als sollte es so sein …

Es geht um viel mehr

Der Hahn kräht, und ich bin … wach. Es ist schon merkwürdig, wie man sich an diesen Rhythmus gewöhnen kann. Kristof ist nicht mehr da, aber er meinte ja, dass er früher aufstehen muss.

Heute Nacht haben wir noch ziemlich lange eng aneinandergekuschelt dagelegen und geredet. Ich konnte Kristof davon überzeugen, es mit dem Konzept wenigstens mal zu versuchen. Nun kann ich es kaum erwarten, zusammen mit ihm daran zu arbeiten.

Und vor allem will ich jetzt unbedingt gleich zu ihm und zu den Kühen in den Stall, außerdem freue ich mich auf den Kaffee und die frischen Eier aus dem Hühnerstall.

Klar, ich muss später noch Herrn Sillering anrufen, doch das schiebe ich erst mal von mir.

Nachdem ich mich angezogen habe, sehe ich mich um. Das alles hier darf einfach nicht verkauft werden. Mein Blick fällt auf die Tür, hinter der sich laut Kristof eine Küche befinden soll, die ich jedoch noch nicht betreten habe. Als ich die Tür nun öffne, fühlt es sich beinahe so an, als würde ich in der Zeit zurückreisen, auch wenn sich vieles verändert hat. Der Herd ist komplett neu, die Küche modern ausgestattet.

Mit einem Mal erschrecke ich, weil irgendetwas klappert. Wie kann das sein? Ein merkwürdiges Gefühl beschleicht mich, und ich ertappe mich sogar dabei, wie ich mir einrede, dass ich keine Angst zu haben brauche.

Wieder klappert es. Und dann entdecke ich plötzlich, dass sich die Tapete an einer Stelle der Wand wellt. Irgendwie unheimlich. Dennoch würde ich zu gern wissen, was sich dahinter verbirgt.

Noch ein Klappern. Vielleicht ist es ja ein Tier oder …

Kurz muss ich an die Sache mit dem Geist der Uroma denken. Unsinn. Werde endlich erwachsen, Katja! Energisch schließe ich die Tür zur Küche hinter mir und lausche noch ein wenig, doch das Klappern scheint nun aufgehört zu haben. Höchste Zeit, dass ich hinunter in den Stall komme.

Als ich mich auf den Weg ins Bad mache, bleibt mein Blick am Couchtisch hängen, und ein tiefer Ruck geht durch mich hindurch. Verdammt, dort liegen ja immer noch die Unterlagen meines Chefs über das Bauprojekt. Was, wenn Kristof sie beim Verlassen des Zimmers gesehen hat? Ich habe nur eine Hoffnung: dass es da noch zu dunkel war, um irgendetwas zu erkennen. Und das Licht dürfte Kristof wohl nicht eingeschaltet haben, denn davon wäre ich sicherlich wach geworden.

Doch dann entdecke ich den Zettel, der an der Tür klebt. Ich gehe näher heran, und als ich die Worte darauf lese, beginne ich, am ganzen Körper zu zittern.

Jetzt wird mir einiges klar. Mit dem Feind im Bett. Sehr gute Show, Katja!

Na toll, er weiß es also, er hat die Unterlagen gesehen. Wie kann man nur so bescheuert sein und sie offen herumliegen lassen?

Und vor allem: Was soll ich jetzt machen?

Als ich etwas später die Küche betrete, empfängt Margarete mich mit einem freundlichen Lächeln. Okay, Kristof hat ihr also noch nichts erzählt.

»Gut geschlafen, Kati?«, fragt sie.

»Ja, schon. Danke.«

»Magst du was essen, bevor du in den Stall gehst? Eier oder ein Butterbrot? Kaffee?«

Ich schüttle den Kopf. »Später, ich helfe erst Kristof.«

Ein Strahlen breitet sich auf ihrem Gesicht aus. »Du tust ihm gut und er dir auch«, sagt sie, worauf mein Herz noch mehr schmerzt. Ich werde sie enttäuschen, so wie ich Kristof enttäuscht habe.

»Ja«, flüstere ich nur und habe alle Mühe, die Tränen zurückzuhalten.

»Aber was ist denn los?«

Ich winke ab. »Nichts, ich hab nur was im Auge.«

»Na dann. Im Stall wartet übrigens etwas auf dich. Schau nur nach. Bis ihr zurückkommt, ist der Kaffee fertig.«

Niedergeschlagen mache ich mich auf den Weg zum Stall. Als ich die Tür öffne, starren mich einige Kuhaugen neugierig an, und mir wird noch schwerer im Magen. Ich blicke mich um und entdecke Kristof ganz hinten am anderen Ende des Stalls. Mit klopfendem Herzen gehe ich auf ihn zu.

»Guten Morgen«, sage ich leise.

Und dann sehe ich es: ein kleines Kälbchen. Es steht auf ziemlich wackeligen Beinen und trinkt von seiner Mama Gerda. Mein Puls geht noch schneller. Was für unglaublich gemischte Gefühle kann man empfinden? So viel Freude, aber auch so viel Angst, Trauer und Scham. Alles gleichzeitig.

Kristof kniet neben dem Kälbchen in der Box und streichelt es, während es immer noch kräftig saugt. Als er nun zu mir aufsieht, liegt in seinem Blick eine Mischung aus Kälte, Enttäuschung und etwas, das ich nicht so recht deuten kann.

»Kristof, ich …«

Er unterbricht mich und deutet auf das Kalb. »Heute ganz früh am Morgen geboren. Ich hatte eigentlich schon heute Nacht damit gerechnet, aber sie hat sich Zeit gelassen.«

»Sie?«

»Ja, es ist ein kleines Kuhmädchen. Braun und weiß gefleckt wie ihre Mama.«

»Sie ist wunderschön.« Ohne lange nachzudenken, ob es Kristof überhaupt recht ist, betrete ich ebenfalls die Box und streichle erst Gerda, dann das kleine Kälbchen. Ich kann in diesem Augenblick nicht anders.

»Ich bin noch mal zurück in dein Zimmer, um dich zu wecken«, erklärt Kristof. »Ich dachte, vielleicht möchtest du bei der Geburt dabei sein. Tja, und bei dieser Gelegenheit habe ich die Unterlagen auf dem Tisch entdeckt.«

»Und dann hast du mir noch den Zettel geschrieben«, antworte ich ohne Umschweife, weil ich die Situation geklärt haben will.

»Ja. Ich wünschte, ich hätte die Unterlagen nicht gesehen. Aber irgendwie ist mein Blick zufällig daran hängen geblieben. Warum, Katja?«

Ich schlucke. »Es tut mir leid, ich weiß, ich hätte es dir schon viel früher sagen müssen. Ja, es stimmt, ich sollte dich dazu bringen, zu unterschreiben, aber inzwischen hat sich so viel verändert.«

»Jedenfalls bist du nur deswegen hergekommen. Es war dein Plan, mich rumzukriegen. Du sagtest doch, du bekommst immer, was du willst.«

»Kristof, bitte glaub mir, ich will deine Unterschrift nicht mehr. Jetzt, wo ich so viel mehr weiß über dich, den Hof, dein Leben hier ...«

»Und ich habe dir auch noch vertraut und mein Geheimnis verraten. Ein Riesenfehler. Wahrscheinlich weiß es auch schon deine ganze Firma. Ein Klick, und die Rundmail ist raus. Oder macht man das heute im Gruppenchat?«

Zaghaft lege ich meine Hand auf seinen Unterarm und warte, ob er sie wegschiebt, doch er tut es nicht. »Nein, ich habe nichts weitererzählt, und ich werde es auch niemals tun. Im Gegenteil, ich habe mir so viel überlegt, wie wir den Hof retten könnten, und ich bin mir sicher, dass es klappt. Ein Teil des Puzzles fehlt uns noch, das spüre ich. Wenn wir das finden und die Rezeptur des Zaubertranks noch dazu, dann wird es funktionieren. Das wäre der Schlüssel zu allem. Bitte, du musst mir glauben, ich bin auf deiner Seite.«

Kristof mustert mich mit zusammengekniffenen Augen. »Und was soll bei dieser Aktion deines Chefs für dich rausspringen?«

»Eine Beförderung. Aber wie gesagt, inzwischen ist alles anders, die ganzen Umstände, ich ...«

Er lacht. »Du solltest abreisen. Ich habe genug Probleme, und eines davon ist, wie ich diese Leute loswerde. Ich hätte dir niemals vertrauen dürfen.«

Zurück auf meinem Zimmer packe ich eilig meine Sachen zusammen. Gerade will ich den Raum verlassen, als mir Mimi einfällt. Natürlich wird sie erfahren, was passiert ist. Aber ich möchte diejenige sein, die ihr davon erzählt.

Ich stelle also mein Gepäck ab, setze mich aufs Bett und wähle ihre Nummer. Es dauert nicht lange, bis sie rangeht.

»Hey. Na, wie war es gestern noch? Ich bin so gespannt. Übrigens bin ich spätestens übermorgen wieder daheim. Stell dir vor, ich habe eine ganz tolle Idee: Wir zeigen Kristofs Hof im Fernsehen. Ich habe auch schon die Leute von der Produktionsfirma gefragt, sie sind einverstanden! Wir könnten das im Rahmen eines Festes machen. Was denkst du?«

Wie schnell sich alles dreht.

»Mimi, ich muss dir was sagen.« Mein Blick wandert zur Tür, wo immer noch Kristofs Zettel hängt.

»Du klingst so merkwürdig. Was ist los?«

»Na ja, was du dir da überlegt hast … es geht nicht. Genauer gesagt müsst ihr es ohne mich machen.« Ich zögere kurz, dann hole ich tief Luft. »Ich habe dir was verschwiegen, Mimi.«

»Was soll das heißen, es geht nicht? Und was hast du mir verschwiegen?«

»Ich habe gelogen. Ich wurde von Herrn Sillering hierhergeschickt, um mehr über Kristof und den Hof herauszufinden. Eine Baufirma namens Schildmann möchte Kristofs Grundstück haben – du weißt schon, das mit den Bäumen, das derzeit brachliegt. Sie haben ihm ein Angebot gemacht, doch er weigert sich, es zu verkaufen. Ich soll ihm die Unterschrift abluchsen. Aber das will ich nicht mehr, es war ein Fehler. Ich mag Kristof und … das alles hier. Heute Morgen hat er es zufällig herausgefunden und mich weggeschickt.«

»Wenn das so ist, dann solltest du wirklich gehen.« Ihre Stimme klingt eisig, und mir läuft ein kalter Schauder über den Rücken.

»Mimi …«

»Ich weiß, es ist nur dein Job. Doch es ist nun mal Tatsache, dass du gelogen hast. Du hast uns alle an der Nase herumgeführt.«

»Schon, aber ich habe noch nichts gemacht, was Kristof schaden könnte.«

»Ist das dein Ernst? Nur weil du noch nicht so weit vorangekommen bist, um vollendete Tatsachen zu schaffen, sollen wir jetzt einfach alles vergeben und vergessen? Ich werde nie verstehen, wie man so denken kann. Also, ich … ich muss jetzt Schluss machen.«

»Aber du hast mich noch lieb?«

Doch es kommt keine Antwort mehr, denn Mimi hat schon aufgelegt.

Gerade schmerzt es mir unheimlich im Herzen. Ach, hätte ich doch niemals bei dieser Sache mitgemacht. Lieber hätte ich Kristof und Margarete nicht kennengelernt.

Wieder klappert es im Zimmer, so wie vorhin schon, und ich schlucke. Oh Gott, was ist das nur?

Schnell weg. Ich hänge mir meine Handtasche um, dann greife ich nach dem Gepäck und gehe damit die Treppe hinunter.

Unten angekommen will ich Margarete suchen, um ihr Bescheid zu sagen, dass ich abreise. Doch dann überlege ich es mir anders und lege den Zimmerschlüssel einfach auf die Empfangstheke.

Wie heißt es immer? Lieber ein Ende mit Schrecken als ein Schrecken ohne Ende.

Meine Hände zittern, als ich den Motor starte und losfahre. Ich will nur noch weg von hier, auch wenn ich unheimlich traurig darüber bin.

Wenig später komme ich an dem Grundstück mit den Bäumen vorbei und halte kurz an. Irgendwie kommt es mir merkwürdig vor, dass über dieses Grundstück niemand so recht etwas sagen möchte, auch Kristof nicht. Als läge ein Fluch oder etwas Ähnliches darauf, was aber sicher Unsinn ist. Während ich mein Handy aus der Tasche ziehe und noch mal ein paar Fotos mache, kreisen meine Gedanken. Mit dem Konzept könnte Kristof wirklich Erfolg haben, doch er wird mir nicht verzeihen. So weit kenne ich ihn inzwischen.

Um mich abzulenken, höre ich während der Rückfahrt einen Podcast auf dem Handy, bekomme jedoch nicht ein Wort davon mit. Den Stich in meinem Herzen kann ich nicht so einfach ignorieren oder beiseiteschieben. Ich habe mich in der kurzen Zeit hier auf dem Hof zu wohl gefühlt. Zu Hause. Ja, genau das war es. Ein Zuhause. Hier konnte ich so sein, wie ich bin, ohne mir selbst und anderen etwas beweisen zu müssen.

Als ich Nürnberg erreiche und schon von Weitem die Burg sehe, macht mich das wenigstens kurz glücklich.

Gerade habe ich mein Auto vor dem Haus, in dem ich wohne, abgestellt, da klingelt mein Handy. Mein Chef. Verdammt. Muss heute alles auf mich hereinbrechen?

Da ich ohnehin noch im Auto sitze, beschließe ich, gleich mal in die Firma zu fahren, um die Sache mit Herrn Sillering von Angesicht zu Angesicht zu klären. Dann habe ich es wenigstens hinter mir. Warum soll ich es länger hinausschieben? Davon wird es ja auch nicht besser. Vielleicht kann ich danach noch einen Kaffee mit Janosch trinken, mal sehen, wie die Stimmung dann ist.

Eigentlich muss ich Herrn Sillering doch nur davon überzeugen, dass das Angebot keinen Sinn macht. Ich werde ihm sagen, dass Kristof genug

Geld hat und kein Interesse daran hat, das Grundstück zu verkaufen.

Janoschs Augen weiten sich, als ich das Büro betrete. »Ach nein! Du bist schon zurück? Mit dir habe ich ja überhaupt nicht gerechnet.«

»Ich mit mir auch nicht«, antworte ich.

Janosch lacht, doch dann wird er ernst. Er scheint mir anzusehen, wie fertig ich bin, denn er fragt: »Ach herrje, so schlimm?«

»Ja, leider.« Ich seufze. »Ich muss jetzt zum Chef, danach erzähle ich dir alles. Ist er da?«

»Er ist im Besprechungszimmer. Geh doch einfach nach hinten. Das trifft sich gut, der Schildmann ist bei ihm, dann kannst du gleich beiden erzählen, was du auf dem Herzen hast.«

Oje, auch das noch. Genügt es nicht, mit meinem Chef reden zu müssen? Jetzt muss ich auch noch Herrn Schildmann Rechenschaft ablegen.

Vor dem Besprechungszimmer angekommen, atme ich erst einmal tief durch. Ich will gerade anklopfen, als ich eine tiefe Männerstimme höre, allerdings ist es nicht die von Herrn Sillering. Das muss dieser Herr Schildmann sein. Er spricht ziemlich laut, sodass ich trotz der geschlossenen Tür jedes Wort verstehen kann.

»Das kann ich nicht akzeptieren. Wir haben es noch mal im Guten versucht, doch nun habe ich keine Lust mehr, mich noch länger mit diesem

Herrn Neubauer herumzuschlagen. Der Einsatz Ihrer Mitarbeiterin in allen Ehren, aber dadurch haben wir nur wieder Zeit verloren. Jetzt ist Schluss, ich werde die Enteignung in die Wege leiten. Irgendein Grund wird mir schon einfallen. Dann bekommt er eben gar kein Geld, dieser sture Kerl. Gut, dass niemand weiß, dass es hier um viel mehr geht als nur um den Grund und Boden. Diese Bäume …«

Er stoppt abrupt, und ich fürchte schon, dass sie mich gehört haben könnten. Doch dann antwortet Herr Sillering: »Ich kenne den Wert dieser Bäume. Aber ich denke auch, dass es fairer wäre, wenn wir es so machen wie geplant. Frau Hirschberger ist an der Sache dran, sie meldet sich bestimmt bald. Ich kann sie aber auch nachher kurz anrufen.«

Ein fieser Stich fährt durch mich hindurch. Mist, wo ist mein Handy? Hoffentlich wartet Herr Sillering mit dem Anruf noch so lange, bis ich von hier weg bin.

Ich schleiche den Gang zurück zum Empfang und flüstere Janosch zu: »Ich war niemals hier, okay? Versprich mir das. Bitte. Ich erkläre es dir auch bei Gelegenheit.«

Fragend sieht er mich an, doch dann nickt er.

So schnell meine Beine mich tragen, verlasse ich das Büro und renne zum Auto zurück.

»Mist, Mist, Mist! Die Bäume, es geht um die Bäume! Aber warum?« Ich trommele mit den Fingern auf das Lenkrad und bin völlig durch den Wind. Verflixt, was ist nur mit diesen Bäumen? Wie es aussieht, sind sie das fehlende Puzzleteil, nach dem ich gesucht habe.

Ich starte den Motor, weil ich jetzt einfach nur wegwill. Weg von diesen Lügnern, die auch mich an der Nase herumgeführt haben. Bevor ich losfahre, schalte ich mein Handy aus. Ich kann jetzt nicht mit Herrn Sillering sprechen, der sich bestimmt gleich melden wird. Dann soll er mir meinetwegen die Mailbox vollquatschen oder mich mit WhatsApp-Nachrichten bombardieren.

Obwohl Tränen in meinen Augen stehen und meine Hände zittern, schaffe ich es wenigstens um ein paar Häuserecken. Als ich sicher sein kann, dass niemand aus der Firma mir gefolgt ist, biege ich auf den Parkplatz eines Supermarkts ein und stelle mein Auto in der hintersten Ecke des großen Areals ab. Dann lasse ich den Kopf aufs Lenkrad sinken und weine erst mal. Das alles ist so schrecklich.

Ich weiß nicht, wie viel Zeit vergangen ist, als jemand gegen das Autofenster pocht. Der Schreck fährt mir in sämtliche Glieder. Langsam hebe ich den Kopf und sehe, dass es eine ältere Dame ist, die mir freundlich zulächelt. Ich öffne die Scheibe einen kleinen Spalt.

»Ist alles in Ordnung? Geht es Ihnen gut?«, fragt sie besorgt.

Schnell nicke ich. »Ja … ja, natürlich. Ich bin okay.«

»Soll ich Hilfe holen oder jemanden für Sie anrufen?«

»Nein, danke. Das ist lieb von Ihnen, wirklich, aber es geht schon wieder.«

»Dann bin ich beruhigt.« Sie hebt die Hand und winkt leicht. »Alles Gute für Sie.«

Ich versuche zu lächeln. »Für Sie ebenfalls. Und vielen Dank.«

Während ich ihr nachsehe, wie sie davongeht, wird mir noch schwerer ums Herz, denn irgendwie hat sie mich an Margarete erinnert. Nicht nur, was das Aussehen angeht, da war auch diese Güte in ihrem Blick, diese Fürsorglichkeit.

Ach, ich vermisse schon jetzt alles. Margarete, den Hof, die Kühe. Und vor allem Kristof. Wie gut ich mich bei ihm gefühlt habe …

Meine Finger zittern, als ich nach meinem Handy greife und es wieder einschalte. Natürlich, fünf Anrufe in Abwesenheit und alle von Herrn Sillering. Doch ich ignoriere sie. Stattdessen blättere ich wehmütig durch meine Fotos. Da sind die Bilder von dem Grundstück mit den Bäumen, die ich schon am ersten Abend auf dem Weg zum Biergarten gemacht habe. Ohne zu wissen, um was für

Bäume es sich handelt, fand ich sie irgendwie faszinierend.

Was ist nur an diesen Bäumen so besonders, dass Herr Schildmann und mein Chef so heiß auf das Grundstück sind?

Auf einmal fällt mir etwas ein. Genauer gesagt jemand. Dieser Baumfreak. Wie hieß er noch mal?

Eichenbichler, stimmt. Ich hatte mich noch über den Namen amüsiert, der wie die Faust aufs Auge zu ihm passte. Vielleicht war das Date ja doch für etwas gut, so wie Mimi es neulich gesagt hat.

Ich rufe meine Kontaktliste auf und suche nach seinem Namen. Hoffentlich habe ich ihn noch nicht gelöscht. Doch tatsächlich, da ist er. Ohne weiter nachzudenken, wähle ich seine Nummer.

»Eichenbichler«, meldet er sich, und ich verziehe bei der Erinnerung an ihn das Gesicht. Aber es muss jetzt sein.

»Ähm, hallo, hier ist Katja. Erinnerst du dich? Wir hatten neulich ein Date oder so was.«

Kurz herrscht Stille am anderen Ende der Leitung. »Bist du die mit den roten Schuhen?«

»Nein, ich …«

»Ach, dann bist du die aus der Bar? Du musstest auf einmal dringend weg, weil du vergessen hattest, die Blumen deiner Nachbarin zu gießen. Wenn ich mich richtig erinnere, war sie gerade im Urlaub, stimmt's?«

Erleichtert atme ich aus. Wenigstens kann er sich an mich erinnern. »Stimmt genau. Wenn das jemand verstehen konnte, dann du, oder?«

»Weshalb rufst du an?«

»Pass auf, ich brauche deine Hilfe. Es geht um ganz besondere Bäume.«

Die Sonne ins Herz lassen

»Na, so was aber auch. Kati, du bist ja wieder da!« Als ich aus meinem Auto steige, sitzt Margarete auf der Bank vor dem Haus und empfängt mich mit einem Lächeln. »Kristof meinte, du musstest dringend in die Stadt.«

»Nun, ich …«

»Jetzt bring erst einmal dein Gepäck rein.« Sie hält mir die Haustür auf. »Also bleibst du doch noch hier?«

»Ja, ich bleibe wie geplant. Wo ist denn Kristof?«

»Der macht gerade seine Runde mit den Bestellungen und will dann auf die Weide. Du magst uns also doch helfen?« Sie schluckt, und mit einem Mal wirken ihre Augen traurig. »Auch wenn es schwer werden wird. Sie wollen das Haus haben und alles andere auch, aber ich … Wir können doch nicht alles verlieren!«

»Das werdet ihr nicht«, entgegne ich. »Es gibt eine Lösung, und ich glaube fest daran, dass wir ihr heute ein großes Stück näher gekommen sind.«

Eine kleine Träne kullert aus ihren Augen, und sie wischt sie eilig weg. »Ach, das wäre so schön.«

Ich nehme sie in den Arm und drücke sie fest. »Vertrau Kristof und mir, ja? Und jetzt muss ich unbedingt mit ihm reden.«

Schon von Weitem sehe ich Kristofs Traktor am Wegesrand stehen. Die Kühe grasen friedlich auf der Weide, nur von Kristof selbst fehlt jede Spur. Wo ist er? Mit klopfendem Herzen schaue ich mich um, und schließlich entdecke ich ihn etwas abseits. Er sitzt im Gras, an ein paar Heuballen gelehnt, und streichelt die Kuh, die neben ihm liegt. Langsam gehe ich auf ihn zu.

»Kristof?«, rufe ich, als ich näher komme.

Er sieht auf, unsere Blicke treffen sich. »Was machst du hier?« Natürlich ist er nicht begeistert.

»Es tut mir leid, wirklich, das musst du mir glauben. Ich möchte nur eines: dass der Hof und alles, was dazugehört, erhalten bleibt. Das Konzept wird funktionieren, ich weiß es.«

Er schluckt, antwortet jedoch nichts.

»Du ahnst gar nicht, wie sehr ich das hier in den letzten Stunden vermisst habe. Ich mag die Kühe und den Hof und …«

»Und?« In seinen Mundwinkeln zuckt es leicht.

»Und dich. Sehr sogar. Vorhin war ich in meiner Firma, wollte meinem Chef irgendeine Geschichte auftischen. Dass es sich nicht lohnt, dir ein Angebot zu machen, weil du genug Geld hast und das Grundstück nicht verkaufen musst.«

»Und du denkst, das hätte er geglaubt?«

Ich zucke mit den Schultern. »Eine bessere Idee hatte ich nicht. Jedenfalls habe ich zufällig ein Gespräch mitgehört zwischen ihm und diesem Bauunternehmer Schildmann. Ihm geht es nicht um den Hof oder um ein Grundstück, auf dem er Wohnungen bauen kann. Er … er ist auf die Bäume scharf.«

Verblüfft sieht er mich an. »Was? Auf die Bäume?«

»Ja, die Bäume, die dein Urgroßvater hierhergebracht hat. Und er hat sogar vor, dich enteignen zu lassen, unter einem fadenscheinigen Vorwand. Ich habe mich auch erst gefragt, was an diesen Bäumen so besonders sein soll. Und dann habe ich mich an ein Date erinnert, das ich mal mit einem schrägen Typen hatte. Er wusste alles über Bäume und behauptete sogar, mit ihnen sprechen zu können. Ein echter Baumfreak also.«

Kristof schmunzelt. »Da siehst du mal, wozu Dates gut sein können …«

»Das meinte Mimi neulich auch. Sie glaubt ja fest daran, dass alles seinen Sinn hat. Jedenfalls habe ich Kontakt zu diesem Typen aufgenommen und ihm Fotos der Bäume geschickt. Und weißt du was? Das sind ganz wertvolle, seltene Bäume. Elsbeeren. Deswegen wohl auch der Kredit für die Brennerei. Die Rezeptur des Zaubertranks stammte ja noch von deinem Uropa, aber dein Papa wusste bestimmt, wie wertvoll die Bäume sind, und wollte alles viel professioneller aufziehen, die Produktion und die Vermarktung ... Ich dachte erst, ich höre nicht recht, aber ein Liter Saft dieser Beeren kostet teilweise bis zu tausend Euro. Dieser Baumfreak hat es mir erzählt, und ich habe anschließend auch noch danach gegoogelt – es stimmt tatsächlich. Und dieser Schildmann weiß das ebenfalls, deshalb will er unbedingt dieses Grundstück haben und kein anderes.«

Auch Kristof wirkt, als könne er nicht glauben, was da vor sich geht. »Ist das dein Ernst?«

»Ja, mein absoluter Ernst.«

»Und jetzt?«

»Wir bauen die Beeren in das Konzept ein. Du kannst aus dem Saft Schnaps brennen und auch andere Getränke herstellen, Liköre zum Beispiel. Und feine Marmelade. Vielleicht könnte man sogar Pralinen damit aromatisieren oder Gebäck. Dabei könntest du Mimi einbinden, sie versteht vom Kochen und Backen viel mehr als ich. Und natürlich deine Oma, vielleicht auch den Bäcker hier am Ort, den du ja sowieso belieferst. Wir könnten auch ein Hoffest organisieren, Mimi hatte da so eine Idee. Sie redet zwar gerade nicht mit mir, aber das kriege ich hin.

Jedenfalls kannst du der Bank eine erfolgversprechende Perspektive aufzeigen. Zusammen mit den Ideen, die wir ohnehin schon entwickelt haben, dürfte das eigentlich genügen, um den Hof zu retten. Verstehst du?«

Tausend Fragezeichen spiegeln sich in Kristofs Augen. »Ist das wirklich wahr? Oder bin ich bescheuert?«

»Nein, du bist Kristof. Einfach nur Kristof.«

Etwas später sitzen wir zusammen mit Margarete am Küchentisch, trinken Kaffee und genießen ihren selbst gebackenen Nussgugelhupf. Ich erzähle den beiden alles, was ich weiß.

»Enteignen?«, fragt Margarete. Die Angst um ihr Zuhause steht ihr ins Gesicht geschrieben. »Das ist schrecklich. Geht das denn so einfach?«

»Sie werden damit nicht durchkommen«, beruhige ich sie. »Genauer gesagt werden wir ihnen zuvorkommen. Dieser Baumexperte, den ich kenne, ist glücklicherweise auch Gutachter. Er kann es kaum erwarten, die Bäume zu sehen, und kommt heute noch hierher.« Ich lächle. »Bei der Bank haben wir gleich morgen einen Termin. Und außerdem habe ich mit dem zuständigen Amt Kontakt aufgenommen. Da die Lizenz zum Brennen bereits lange besteht und Kristof das nötige Wissen hat, dürfte es gar kein Problem sein.«

»Das ist alles schön und gut«, wendet Kristof ein. »Aber bis wir hier Erfolge sehen, dauert es eine Weile, das muss ich finanziell überbrücken. Zudem fehlt uns ja immer noch die Rezeptur des Zaubertranks.«

»Ich weiß, aber zur Not nimmst du eben ein anderes Rezept. Der Wert der Beeren mindert sich deswegen nicht. Zusammen mit unserer anderen Idee, die Gäste in die Landwirtschaft und das Leben auf dem Hof einzubinden, können wir doch einiges vorweisen.«

»Und wie wollen wir das Konzept bekannt machen?«, fragt Margarete. »Die Leute müssen doch davon erfahren, wenn sie hierherkommen sollen.«

»Darüber habe ich mir auch schon Gedanken gemacht«, antworte ich. »Wir veranstalten ein großes Fest, eine Art Hoffest. Oder besser gleich ein Ortsfest. Alle sollen mitmachen. Und ich habe noch eine ganz besondere Idee, genauer gesagt steckt Mimi dahinter. Das habe ich dir, Kristof, ja schon erzählt. Aber da muss ich erst prüfen, ob es klappt. Glaubt mir, wenn wir die Sache richtig aufziehen, wird alles gut. Ich bin mir da ganz sicher.«

Noch immer wirkt Kristof skeptisch, und ich kann es ihm nicht mal verübeln. Als er seufzt, befürchte ich schon, dass er nicht zustimmen wird. Doch dann nickt er. »Also gut, gehen wir es an. Wann kommt dieser Baumtyp?«

»Das ist ja unglaublich«, flüstert Herr Eichenbichler, wie er merkwürdigerweise auch von mir genannt werden will, obwohl wir schon mal beim Du waren. Sanft streicht er mit den Händen über die Stämme der Bäume. »Und so gut erhalten. Das ist ein unfassbarer Schatz. Kaum zu glauben, dass das nie jemand realisiert hat.«

Er holt eine Spiegelreflexkamera aus seiner Tasche und macht eine ganze Reihe von Fotos. Sicherlich kommt er sich gerade vor wie im Schlaraffenland. »Das Land wird natürlich unter besonderen Schutz gestellt. Hier darf niemand auch nur einen Ziegelstein verbauen. Wissen Sie, ich bin Mitglied im Schutzbund der vergessenen Bäume. Ich habe mit dazu beigetragen, dass die Elsbeere mehr Aufmerksamkeit bekam und vor einiger Zeit zum Baum des Jahres gekürt wurde«, berichtet er voller Stolz.

»Das klingt sehr gut«, antwortet Kristof. »Falls Sie noch irgendwelche Informationen oder so brauchen, melden Sie sich einfach. Sie sind hier jederzeit willkommen.«

»Das freut mich sehr.« Herr Eichenbichler packt die Kamera zurück in seine Tasche, dann reicht er uns beiden die Hand. »Also dann, ich werde alles umgehend in die Wege leiten, da gebe ich Ihnen Brief und Siegel. Dafür stehe ich mit meinem Namen.« Er setzt sich in sein Auto und braust mit quietschenden Reifen davon.

Kristof sieht mich an und grinst. »Okay, er ist eindeutig ein Freak. Aber ich bin echt froh, dass du ihn gedatet hast.«

Als wir uns auf den Weg zum Stall machen, um die Kühe zu melken, ist mir spürbar leichter ums Herz, und Kristof scheint es genauso zu gehen. »Ich denke, es wird alles klappen«, sage ich. »So begeistert, wie unser Baumfreak war …«

Kristof lacht, dann sieht er mich beinahe verlegen an. Etwas brennt ihm auf der Zunge, das spüre ich.

Und tatsächlich. »Hattest du eigentlich was mit ihm?«, platzt es mit einem Mal aus ihm heraus.

»Was denkst du denn?«

Er zuckt mit den Schultern. »Ich kann es mir eigentlich nicht vorstellen, schließlich bist du ja kein Baum.«

Bei der Vorstellung muss ich laut auflachen. »Ich glaube, der braucht jemand ganz anderen als mich. Wenn schon keinen Baum, dann wenigstens eine Frau, die genauso verrückt nach Bäumen ist wie er.«

»Das auf jeden Fall«, pflichtet Kristof mir bei. »Wobei ich tatsächlich mal von einem Kerl gehört habe, der einen Baum geheiratet hat.«

»Das wäre doch die optimale Lösung für ihn, oder?«

Mittlerweile haben wir den Kuhstall erreicht. Kristof öffnet die Tür und will hineingehen, doch dann merkt er, dass ich stehen geblieben bin. »Was ist?«, fragt er. »Hilfst du mir nicht beim Melken und Ausmisten?«

»Ehrlich gesagt möchte ich erst noch versuchen, einen anderen Mist, den ich angerichtet habe, zu beseitigen.« Nervös knibbele ich an meinen Fingernägeln.

»Mimi?«

Ich nicke.

»Das verstehe ich. Okay, dann mach das, wir sehen uns später.«

Auf meinem Zimmer angekommen, atme ich tief durch. Es gibt so viele tolle Neuigkeiten, und doch spüre ich noch immer diesen Druck im Bauch. Mir ist bewusst, wie mies es war zu lügen.

Nachdem ich im Laufe des Tages schon ein paarmal vergeblich versucht hatte, Mimi zu erreichen, habe ich ihr vor einer guten Stunde eine E-Mail geschrieben und ihr alles erklärt. Nun hoffe ich, dass sie immer noch mit von der Partie ist und mir hilft. Denn ich brauche sie. Nicht nur für das Konzept, sondern vor allem als Freundin.

Mit klopfendem Herzen nehme ich das Telefon in die Hand und wähle ihre Nummer. Es tutet einmal, zweimal …

Wieder geht sie nicht ran. Oh Mann. Entweder sie hat meine Mail noch nicht gelesen, oder sie ist mir trotzdem noch böse, was ich sogar verstehen kann. Ich beschließe, ihr vorsichtshalber den Text auch noch per WhatsApp zu senden. Nachdem ich die Nachricht abgeschickt habe, starre ich sie gut fünf Minuten lang an, doch es tut sich nichts. Ich seufze tief. Im Moment bleibt mir wirklich nichts anderes übrig, als abzuwarten.

Als ich mein Zimmer verlassen will, um zu Kristof in den Stall zu gehen, höre ich wieder dieses Klappern aus der Küche nebenan. Kurz bin ich irritiert, doch dann versuche ich, mich zu beruhigen. Sicherlich bin ich einfach nur überfordert und gestresst. Was ja auch kein Wunder ist.

Im Stall ist Kristof gerade dabei, das Heu in die Futtertröge zu verteilen.

»Ich helfe dir, ja?«, sage ich und schnappe mir eine Mistgabel.

»Gut.« Er nickt. »Dann fange ich schon mal mit dem Melken an.«

Nachdem ich das Heu verteilt habe, beschließe ich, nach Gerdas Kälbchen zu sehen. Es steht noch recht unsicher auf seinen Beinchen, und als es mich sieht, tapst es vorsichtig auf mich zu. Sofort bin ich verliebt. Es ist so ein hübsches kleines Wesen mit dem getupften Fell und den großen Augen.

»Hat sie eigentlich schon einen Namen?«, frage ich Kristof, der zu mir an die Box getreten ist.

Er sieht mich ernst an, doch um seine Mundwinkel zuckt es. »Ja, Kälbchen.«

»Kälbchen? Unsinn.« Ich stupse ihn in die Seite. »Sie braucht doch einen richtigen Namen.«

»Hast du eine Idee?«

Kurz überlege ich. »Wie wäre es mit Elsa?«

»Wegen der Elsbeeren?«

»So ist es. Elsa, das Glückskalb.«

»Na meinetwegen, dann eben Elsa.«

Während Elsa versucht, meine Hand mit ihrer Zunge zu verschlingen – ganz wie ihre Mama –, streichle ich ihr mit der anderen Hand über das Fell. Mein Herz wird warm. »Willkommen bei uns, du kleine, süße Elsa-Glückskuh«, flüstere ich.

In diesem Augenblick spüre ich es wieder. Dieses Gefühl, dass ich endlich angekommen bin. Und das tut gut. So unwahrscheinlich gut.

Als Kristof und ich mit der Arbeit im Stall fertig sind, gehen wir in die Küche, wo Margarete schon mit dem Abendessen auf uns wartet. Ich erzähle ihr, dass unser Kälbchen jetzt einen Namen hat, und genieße es einfach, mit den beiden am Tisch zu sitzen.

Nach dem Essen helfe ich Margarete, den Tisch abzuräumen, als ein leises *Pling* an Kristofs Handy ertönt. Augenblicklich werde ich nervös. Was, wenn es keine guten Neuigkeiten sind? Wenn die Enteignung nicht mehr rechtzeitig gestoppt werden konnte?

Kristof tippt auf dem Display herum und starrt ein paar Sekunden lang, die mir wie eine Ewigkeit vorkommen, darauf. Dann lächelt er. »Das ging aber schnell. Schau dir das an.« Er reicht mir das Handy.

Ich ziehe das Dokument etwas größer und lese es sorgfältig durch. Als ich fertig bin, hebe ich den Kopf und sehe erst zu Margarete, dann zu Kristof. »Es ist alles schon genehmigt. Da hat sich aber jemand rangehalten.«

Kristof lacht. »Und da sagt man immer, in den Ämtern läuft nichts.«

»Tja, unser Herr Eichenbichler hat wohl auch gehörig Dampf gemacht.«

Margarete ist ebenfalls sichtlich erleichtert. Verstohlen tupft sie sich eine Träne aus dem Augenwinkel. Bald verabschiedet sie sich, weil sie noch die Blumen in ihrem Bauerngarten gießen muss. Ich denke jedoch, dass sie einfach ein bisschen Zeit für sich braucht, um alles zu verarbeiten.

Nachdem sie gegangen ist, lesen Kristof und ich noch einmal die E-Mail von vorhin durch. »Da war dieser Baumfreak doch tatsächlich für etwas gut«, sage ich nachdenklich. »Das hat Mimi mir ja neulich schon prophezeit. Und auch Janosch äußerte sich ähnlich, von wegen Schicksal und so.«

»Janosch? Noch ein Date?«

»Nur mein Kollege aus der Firma. Keine Sorge, er steht nicht auf Frauen, ist also völlig ungefährlich.« Ich zwinkere ihm zu. »Er wird traurig sein, wenn ich weg bin, mit ihm ließ es sich immer so schön quatschen. Na ja, wir werden schon irgendwann eine Möglichkeit finden, das nachzuholen.«

Fragend sieht Kristof mich an. »Wenn du weg bist? Wie meinst du das?«

»Ich werde nicht mehr in die Firma zurückgehen, auf keinen Fall. Und«, ich schlucke, »ich muss dir unbedingt noch mal sagen, wie leid mir das alles tut.«

Er nickt nur. Dann ist es für einen kurzen Moment still.

»Willst du immer noch Traktor fahren?«, fragt er mit einem Mal.

Damit habe ich nicht gerechnet. »Ist das dein Ernst?«

»Klar. Traust du dich, oder traust du dich nicht?«

»Ja, schon, aber …« Ich runzele die Stirn. »Oder ist das ein Trick? Du hast nicht etwa vor, mich irgendwo zu verscharren?«

»Oder den Wölfen zum Fraß vorzuwerfen? Vielleicht in der hintersten Ecke des Feldes, wo der Wald anfängt?«

»Dort würde uns zumindest keiner sehen.« Ich zucke mit den Schultern, und Kristof grinst.

»Vertrau mir doch einfach mal, Katja. Oder ist das so schwer?«

Wie schon die letzten Male genieße ich es, auf dem Traktor zu sitzen. Es ist echt aufregend. Die Aussicht, dass ich ihn gleich auch noch selbst lenken werde, lässt meinen Puls in die Höhe schießen, und ich kann es kaum mehr erwarten. Ich spüre das Vibrieren des Motors unter mir und atme die laue Abendluft ein, die mich umgibt. Die Landluft, die ich mit einem Mal so mag.

Kristof lenkt den Traktor die schmale Straße entlang. Als wir an der Stelle ankommen, wo wir uns zum ersten Mal begegnet sind, hält er an und lächelt mir zu. »Also dann, Wechsel, du bist dran.«

Mein Herz klopft, als wir die Plätze tauschen. »Ich bin ein Landmädchen!«, rufe ich und werfe ausgelassen die Arme in die Luft.

»Übertreib mal nicht.« Kristof lacht. »Jetzt heißt es aufpassen. Ich möchte diesen Zaun hier nicht noch mal reparieren müssen. Also, du lässt die Kupplung kommen, dann geht es schon los.«

»Mehr nicht?«

»Nein, mehr nicht.«

Aufgeregt folge ich Kristofs Anweisungen, und auf einmal setzt sich die Maschine in Bewegung.

»Oh mein Gott, ich fahre wirklich Traktor! Ist das genial!«

Erst geht es nur geradeaus, doch irgendwann fahren wir auf eine Kurve zu, und ich bekomme schon etwas Bammel. Aber dann rede ich mir ein, dass so viele vor mir es ebenfalls geschafft haben, also warum nicht auch ich? Und tatsächlich, mit der Kurve funktioniert es gar nicht so schlecht wie befürchtet.

Für einen ganz kurzen Moment wende ich den Blick von der Straße ab und sehe zu Kristof. »Gut?«, frage ich, und er nickt.

»Ja, in der Tat gar nicht so übel.«

Irgendwann stelle ich den Traktor am Straßenrand ab. Wir sitzen da und blicken über die Felder um uns herum, auf die Bäume, die Wiesen und die Sonne, die jetzt langsam untergeht.

»Wenn du die Sonne in dein Herz lässt, hast du schon gefunden, was du suchst«, sagt Kristof. »Das war so ein Leitspruch in meiner Familie.«

»Wow, das ist unglaublich schön«, flüstere ich.

»Manchmal, wenn ich mit den Tieren abends fertig bin, komme ich hierher und sehe einfach nur zu, wie die Sonne in den Feldern versinkt. Und dann spüre ich wirklich, wie sie in mein Herz eindringt.« Er sieht mich an. »Oder ist das zu kitschig?«

Ich schüttele den Kopf. »Nein, überhaupt nicht, im Gegenteil.«

Die Sonne sinkt nun immer tiefer, und es wirkt tatsächlich, als würde sie mit der Weite vor uns verschmelzen. Ich bin ganz vertieft in diesen Augenblick und merke gar nicht, dass Kristof sein Handy aus der Tasche geholt hat.

Auf einmal erklingt leise Musik, und er deutet auf das Handy. »*Fields of Gold*, mein Lieblingslied.«

Mir fehlen die Worte, um zu beschreiben, wie unglaublich romantisch dieser Moment ist. Ich schließe die Augen, lausche einfach nur der Musik, der sanften Stimme des Sängers und genieße die Ruhe, die sich in mir ausbreitet.

Nachdem die letzten Töne der Melodie verklungen sind, sitzen wir weiter da und schweigen. In diesem Augenblick braucht es keine Worte.

»Ich hoffe so sehr, dass alles glattgeht«, sage ich irgendwann. »Mit dem Konzept und allem, was wir planen. Natürlich müssen wir auch damit rechnen, dass mein Chef Wind davon bekommt. Ich kann nicht einschätzen, ob er und vor allem dieser Schildmann so einfach klein beigeben.«

Kristof nickt. »Alles wird kommen, wie es kommen soll. Aber ich denke, mit den Bäumen haben wir ein starkes Argument.«

»Da hast du recht.« Ich blicke in den Himmel. Mittlerweile ist die Sonne am Horizont versunken und die Dämmerung hereingebrochen. Die ersten Sterne sind zu sehen. »Die Sterne sind hier wirklich viel heller als in der Stadt«, sage ich leise. »Mir kommt es vor, als würden sie nur für uns leuchten.«

Kristof schaut mir fest in die Augen. Wieder ist da so viel Glück. Unsere Lippen berühren sich, erst flüchtig, dann immer intensiver. Es ist kein Kuss, der mehr fordert, sondern einer, der viel mehr zeigt. Ein Kuss, der sich anfühlt wie die Weite der Felder um uns herum, wie das Licht der Sterne.

Ein Kuss, der mir etwas schenkt: Kristof und die Gewissheit, dass er mir verziehen hat.

Mehr brauche ich nicht

Als ich am nächsten Morgen aufwache, bin ich voller Tatendrang und spüre so viel Hoffnung in mir. Kristof und ich haben gestern Abend noch vereinbart, dass wir uns gleich heute früh an die Planung des Festes machen. Die ganze Nacht habe ich mich nach ihm gesehnt, und jetzt kann ich es kaum erwarten, ihn gleich wiederzusehen und in die Arme zu schließen.

Zudem möchte ich heute unbedingt die Sache mit Mimi klären. Bisher hat sie sich noch nicht gemeldet. Doch als ich aus der Dusche komme, klingelt mein Handy. Es ist tatsächlich Mimi. Sie scheint endlich bereit zu sein, mit mir zu reden. Mein Herz klopft schneller, als ich das Gespräch annehme.

»Hey«, begrüße ich sie und hoffe inständig, dass sie mich nicht hasst. Ich habe ihre Stimme so sehr vermisst. »Mimi, ich … es tut mir unglaublich leid, und ich hoffe so sehr, dass du mir verzeihst.«

»Ach, Katjalein, mir tut doch auch alles so leid«, sprudelt es aus ihr heraus. »Ich wollte mich ja bei dir melden, aber wir hatten hier ein Unwetter, der Handyempfang war so mies. Klar war ich auf dich sauer, doch dann habe ich versucht, auch deine Seite zu verstehen. Ich habe alles gelesen, was du mir geschrieben hast. Und stell dir vor, ich habe auch unglaubliche Neuigkeiten für euch. Die Sache mit dem Fernsehdreh klappt. Deshalb müsst ihr jetzt versuchen, das alles bis Samstag hinzubekommen. Meinst du, es wird funktionieren?«

»Bestimmt. Wenn wir alle zusammenhelfen.« Ich bin so erleichtert. Alles läuft nach Plan.

Als ich nach dem Telefonat mit Mimi die Küche betrete, sind Margarete und Kristof bereits da.

Margarete gießt gerade Kaffee ein und lächelt mir zu. »Na, Kati, ich habe gehört, du hast gestern Abend noch Traktorfahren gelernt?«

»Das stimmt. Und ich finde, ich bin eine sehr gute Traktorfahrerin.«

»Da schau her, wer hätte das gedacht.«

Ich setze mich neben Kristof und drücke seine Hand. »Ich habe mir mal einen groben Ablaufplan überlegt«, berichte ich den beiden, während wir zu frühstücken beginnen. »Als Erstes werde ich nachher gleich einen Flyer für das Fest entwerfen, den können wir überall im Ort auslegen. Gibt es hier in der Nähe eine Druckerei oder einen Copyshop?«, frage ich Kristof.

»Etwa zehn Kilometer von hier ist eine kleine Druckerei«, antwortet er und nimmt einen Schluck von seinem Kaffee. »Du könntest die Flyer doch auch mit meinem Farbdrucker ausdrucken, oder? Sie wären dann viel schneller fertig.«

»Du hast einen Farbdrucker? Super, dann machen wir das so.«

Er nickt. »Würdest du die Flyer verteilen? Dann könnte ich schon mal mit den Vorbereitungen auf dem Hof anfangen. Benno kommt nachher vorbei, um ein bisschen mitzuhelfen, und bringt auch ein paar Kumpels mit.«

»Das hört sich alles toll an.« Am liebsten würde ich ihm jetzt einen Kuss auf den Mund drücken, kann mich aber gerade noch zurückhalten.

Nach dem Frühstück entwerfe ich auf meinem Laptop den Flyer und drucke ihn mit Kristofs Farbdrucker aus. Dann mache ich mich auf den Weg in den Ort. Zuerst halte ich bei dem kleinen Weinladen an, der mir schon mehrmals ins Auge gestochen ist. Der Besitzer freut sich sehr und verspricht, zum Fest zu kommen und alle seine Kunden darauf aufmerksam zu machen. Auch Eva ist begeistert von der Idee.

Bei Benno in der Metzgerei gebe ich ebenfalls einen Stapel mit Flyern ab. Ich sage ihm, wie leid mir die Sache mit meinem Chef tut. Natürlich hat er schon durch Mimi davon erfahren. Glücklicherweise ist er nicht nachtragend und wird nachher gleich zu Kristof auf den Hof fahren, um bei den Vorbereitungen zu helfen.

Überhaupt merke ich, dass in diesem kleinen Ort ein großer Zusammenhalt zwischen den Menschen besteht. Ich muss gestehen, das hat schon was. Die Anonymität der Stadt habe ich zwar immer geschätzt, es ist allerdings auch tröstlich, zu wissen, dass man nie allein dasteht und immer von irgendwoher Hilfe bekommen kann.

Mein letzter Stopp ist schließlich bei Johann, der ebenfalls zum Fest kommen wird. Er ist traurig, weil der Zaubertrank langsam zur Neige geht. Ich verspreche ihm jedoch, dass es in Zukunft neue Getränke mit den Beeren geben wird, die auch im Zaubertrank enthalten waren.

Auf dem Rückweg zum Hof bin ich erst mal zufrieden, welch gute Resonanz meine Flyer und das Fest allgemein bei den Menschen im Ort hervorgerufen haben. Es sollten aber noch viel mehr Leute davon erfahren. Vor allem sollten wir Besucher von auswärts anlocken.

Gerade als ich auf den Hof einbiege, kommt mir eine Idee. Herr Eichenbichler kennt doch bestimmt viele Leute. Ich parke das Auto vor dem Wohnhaus, nehme mein Handy aus der Tasche und rufe ihn einfach an. Zu meiner Erleichterung ist er Feuer und Flamme von der Idee. Natürlich wird er kommen und auch noch einige Bekannte mitbringen, unter anderem Mitglieder seines Baumschutzbundes.

Nachdem ich aufgelegt habe, bin ich glücklich. In mir ist dieses gute Gefühl, etwas Sinnvolles getan zu haben.

Ich steige aus dem Auto aus, und genau in diesem Augenblick tritt Kristof aus der Haustür. Als er mich entdeckt, kommt er zu mir her und greift nach meiner Hand. »Du kommst gerade recht«, sagt er und lächelt. »Ich bin gespannt, was du sagst.«

»Wozu?«, frage ich, doch er gibt mir keine Antwort, sondern zieht mich einfach mit sich mit.

Als wir den Platz erreichen, auf dem das Fest stattfinden soll, traue ich meinen Augen kaum. Was Kristof und seine Helfer in dieser kurzen Zeit aus dem Hof gemacht haben, ist einfach unbeschreiblich. Alles ist mit Lampions und Girlanden geschmückt, Tische und Bänke sind aufgestellt, und auch der Hofladen ist so weit hergerichtet, dass er beim Fest geöffnet werden kann.

Ich ertappe mich, wie ich mit offenem Mund staunend dastehe. »Wow, das ist ja wirklich toll geworden«, sage ich und drücke Kristofs Hand ganz fest. »Ich bin schon so gespannt auf das Fest.«

Er nickt. »Ich auch, aber bis dahin haben wir noch einiges zu tun.«

»Okay, dann …« Am liebsten würde ich ihm sagen, dass ich heute auch noch gern etwas Zeit mit ihm verbringen würde, traue mich jedoch nicht so recht.

Glücklicherweise hat Kristof denselben Gedanken. »Wenn wir heute Abend im Stall fertig sind, könnten wir doch noch was zusammen unternehmen. Was meinst du?«

»Ehrlich?«

»Ja, ehrlich. Würde ich sonst fragen?« Er lacht. »Also, willst du?«

»Klar will ich.« Ohne nachzudenken, lege ich meine Lippen auf seine.

»Wofür war das denn?«, fragt er, nachdem wir uns voneinander gelöst haben.

»Ach, einfach so …«

Als wir im Stall alles erledigt haben, gehe ich auf mein Zimmer, um zu duschen und mir frische Kleidung anzuziehen. Eine gute halbe Stunde später stehe ich vor der Haustür und warte auf Kristof. Ich habe mich für eine enge Jeans entschieden, eine Bluse und einen Hoodie, den ich mir um die Hüften gebunden habe.

Kristof hat sich ebenfalls in Schale geworfen. Das helle Hemd steht ihm wirklich gut, doch es wirkt ungewohnt an ihm. Was mag er nur vorhaben?

»So schick?«, frage ich und mustere ihn von Kopf bis Fuß.

Er lacht. »Du siehst aber auch gut aus.« Die Worte kommen ihm so ehrlich über die Lippen, dass ich sicher ganz rot werde.

Wir haben in den letzten Tagen so viel zusammen erlebt, haben uns gezankt und geküsst, das Fest auf die Beine gestellt und so vieles mehr.

»Und jetzt? Was hast du geplant?«, will ich wissen.

»Das wirst du gleich sehen. Jedenfalls hoffe ich, dass du Hunger hast.«

Hand in Hand gehen wir die Straße entlang. Ich habe keine Ahnung, wo er mit mir hinwill, und beschließe, mich einfach überraschen zu lassen. Nach einer Weile bleiben wir an einer Wiese stehen, auf der sich neben einer kleinen Hütte nur einige Obstbäume befinden. Kristof öffnet die Tür und holt einen Korb und eine Decke aus dem Inneren der Hütte.

Erstaunt sehe ich ihn an. »Hast du ein Picknick vorbereitet?«

Wie schön ich das finde. So einfach, aber schön.

Kristof breitet die Decke aus, setzt sich darauf und beginnt, den Inhalt des Korbes auszupacken. Gespannt nehme ich neben ihm Platz.

»Es ist ein ländliches Picknick«, erklärt er mir, während er Brot und Butter, hartgekochte Eier, Obst, eingelegtes Gemüse und noch ein paar andere Köstlichkeiten auf der Decke anrichtet. Auch eine Flasche

Rotwein hat er mitgebracht, den er nun in zwei Gläser eingießt. Er drückt mir eines davon in die Hand und prostet mir zu. »Auf …«

»Auf den Abend?«, ergänze ich.

Er lächelt. »Genau das wollte ich sagen.«

Und so genießen wir nicht nur das leckere Essen, sondern auch den Wein, der perfekt dazu passt.

»Wer hätte das bei unserer ersten Begegnung gedacht?«, sage ich. »Dass wir mal zusammen auf einer Decke sitzen und picknicken.«

»Ja, als du da mit deinem Auto in der Wiese standst und meinen Zaun zerstört hattest.« Kristof streicht mir über die Wange, und unsere Blicke treffen sich. »Ich bin froh, dass alles so gekommen ist. Auch das mit Herrn Eichenbichler. Dein Date mit ihm … mir hätte nichts Besseres passieren können. Danke, dass du dich damals geopfert hast und mit ihm ausgegangen bist.«

Ich stupse ihn in die Seite und grinse. »Gern geschehen.«

Mit einem Mal zieht Kristof eine kleine Dose aus seiner Hosentasche und reicht sie mir. »Das ist für dich.«

»Was ist das?« Mein Herz klopft heftig. Vorsichtig schraube ich den Deckel der Dose ab, und ein dunkelbraunes Körnchen, das aussieht wie eine getrocknete Beere, kommt zum Vorschein.

»Weißt du, was unser Baumexperte mir erzählt hat?«, fragt Kristof. »Ein Samen von der Elsbeere bringt Glück. Wo immer man ihn aussät, fühlt sich das Herz daheim. Also, falls du mal genug davon haben solltest, die Typen von deiner Liste zu daten … ich stehe jederzeit für Dates bereit.«

Ich beuge mich zu ihm vor und küsse ihn. »Das klingt gut.« Die Worte aus seinem Mund haben mich echt berührt. Wir kennen uns noch gar nicht lange, und doch habe ich das Gefühl, dass er mich wirklich gernhat.

Allmählich wird es dunkel. Ich lehne mich an Kristofs Schulter, und wir sitzen einfach da und genießen die Ruhe, die um uns herum herrscht. Ich habe von solchen Momenten in Büchern gelesen, von diesen magischen Augenblicken, in denen man keine großen Worte braucht. Dass ich hier auf dem Land solch einen Moment finden würde, hätte ich niemals erwartet. Doch ich weiß jetzt, wie schön das Landleben sein kann.

Einfach so verbinden sich unsere Hände. Kristof streichelt mich zärtlich, und ich atme seinen Duft ein, spüre diese Ruhe in mir, obwohl mein Herz so heftig klopft wie sicherlich noch nie zuvor in meinem Leben. Es fühlt sich an, als sollte es so sein.

Irgendwann wende ich leicht den Kopf zu ihm, und unsere Lippen berühren sich. Es ist, als würde eine heftige Explosion durch meinen Körper jagen.

Da ist eine Wärme, die mich erfüllt, die mich greift und von der ich unbedingt mehr will.

»Ich mag es, wenn du mich küsst«, flüstere ich gegen seinen Mund.

»Und ich mag es, wenn du mich zurückküsst.«

Als Kristof mich nun auf seinen Schoß zieht, sind wir uns noch näher. Seine Arme halten mich fest umschlossen, und unsere Lippen suchen sich erneut.

Eine gefühlte Unendlichkeit küssen wir uns, bis Kristof innehält und mich ansieht. »Die Hütte. Darin ist Platz für zwei und …«

Ich lächle. Wie verlegen er wirkt.

Mein Puls rast, und ich habe nur noch einen Gedanken: jetzt mit ihm dort hineinzugehen. »Dann komm.« Ich rutsche von seinem Schoß und stehe auf.

Kristof erhebt sich ebenfalls, nimmt meine Hand und führt mich ins Innere der Hütte. Als sich die Tür hinter uns schließt, suchen seine Lippen sofort wieder meine. Mein Herz schlägt jetzt so heftig, dass es alles übertönen muss.

Landluftküsse. Mehr brauche ich in diesem Augenblick nicht. Ich brauche nur Kristof und seine warmen Lippen.

Nein, das stimmt nicht ganz, ich brauche doch mehr. Mehr von Kristof, mehr von seinen Küssen, und zwar überall. Ich will ihm nah sein, seine Hitze spüren und unsere Herzen sehnsuchtsvoll aus dem Takt stolpern lassen.

Mit jedem Kuss nimmt die Leidenschaft zu. Der Duft der Wiese, den ich noch in der Nase habe, vermischt sich mit dem Geruch nach Holz. Und nach Kristof.

Als wir uns auf die Matratze sinken lassen, die er hierhergebracht haben muss, bebt mein gesamter Körper vor Glück. Ich will ihn so sehr. Beinahe wie von selbst lösen wir uns aus unserer Kleidung, und als wir schließlich nackt daliegen, blickt Kristof mir tief in die Augen. Eine stumme Frage, die keine andere Antwort braucht als einen Kuss.

Da ist eine Hitze zwischen uns, die sich nur schwer in Worte fassen lässt. So wie die Sonne abends in den Feldern versinkt und mit dem Horizont verschmilzt, so möchte ich auch mit Kristof verschmelzen. Tausend Küsse, unzählige Berührungen – und irgendwann werden wir eins.

Wenn ich kann, fliege ich davon,
doch gerade will ich gar nicht fliegen.
Ich fühle mich angekommen.

Das fehlende Puzzleteil

Das Piepen des Weckers reißt mich aus dem Schlaf – einem süßen Schlaf in Kristofs Armen. Es war schon kurz vor Mitternacht, als wir von der Hütte zum Haus zurückgingen und uns dort in mein Bett kuschelten. Und was soll ich sagen? Es wurde eine sehr kurze Nacht.

»Nein, noch nicht aufstehen«, flüstere ich, als ich merke, dass Kristof sich aufrichtet.

Er küsst mich auf die Stirn. »Ich muss. Die Tiere.«

Ganz kurz halte ich ihn noch fest. Die Nacht mit ihm war so schön, beinahe schon magisch. Ich muss an die letzten Tage denken. Was ist in dieser kurzen Zeit alles passiert? Unsere erste Begegnung, der kaputte Zaun, meine erste Traktorfahrt, der Sonnenuntergang, unser erster Kuss. Und jetzt diese Nacht. Kann es überhaupt noch eine Steigerung geben?

»Aber ich bin so schnell zurück, wie es nur geht.« Kristof streckt die Hand aus, und als er meine Wange berührt, lächle ich.

»Weißt du was? Ich komme einfach mit, ich kann jetzt sowieso nicht mehr schlafen ohne dich.«

»Das wäre noch schöner.« Er drückt mir einen sanften Kuss auf den Mund. »Also dann, lass uns den Tieren guten Morgen sagen.«

Als ich mich langsam im Bett aufsetze, ist da auf einmal wieder dieses Klappern. »Hast du das gehört?«, frage ich. »Da ist also doch was.« Kaum habe ich zu Ende gesprochen, klappert es erneut.

»Es kommt aus der Küche.« Kristof nimmt mich an der Hand und zieht mich einfach mit sich.

In meinem Magen breitet sich ein mulmiges Gefühl aus, als wir die Küche betreten. »Schau mal«, sage ich und deute auf die Stelle an der Wand, wo sich die Tapete wellt.

Inzwischen klappert es beinahe ununterbrochen. Kristof holt ein Messer aus einer der Schubladen, dann setzt er es an der Tapete an und schneidet ein Rechteck heraus, das etwas größer als der gewellte Bereich ist. Als er die Tapete abzieht, kommt dahinter eine kleine Tür zum Vorschein.

»Was ist das?«

»Es könnte eine Art Schacht sein.« Er rüttelt daran. »Dafür brauche ich eine Zange, bin gleich wieder da.«

Bevor ich auch nur eine Silbe entgegnen kann, hat er das Zimmer schon verlassen, und ich bleibe mit einem wild klopfenden Herzen zurück. Das ist so unglaublich, ich habe mir das Klappern also wirklich nicht nur eingebildet.

Als Kristof kurze Zeit später zurückkommt, atme ich erleichtert auf.

»Dann lass uns mal schauen«, murmelt er, während er mit der Zange an der kleinen Tür rüttelt und zieht. Auf einmal springt sie auf, und ich kann nicht glauben, was sich dahinter verbirgt.

»Die Naschkiste deiner Uroma«, flüstere ich. »Das ist sie doch, oder?«

»Sie muss es sein, sie sieht genauso aus wie auf dem Foto im Album.« Kristof grinst. »Aber ich weiß nicht, ob man die Süßigkeiten noch essen kann.«

»Mach sie auf.« Ich bin so neugierig und aufgeregt, dass ich es kaum mehr aushalte.

Der Deckel der Dose scheint ziemlich eingerostet zu sein, sodass es mir wie eine Ewigkeit vorkommt, bis Kristof ihn endlich geöffnet hat. Er holt ein Blatt Papier aus der Dose und faltet es auf. Als er es betrachtet, runzelt er erst die Stirn, doch dann zieht sich ein Strahlen über sein Gesicht.

»Was ist das?«, frage ich.

»Das …« Er schluckt ein paarmal kräftig. »Das ist … die Rezeptur des Zaubertranks!«

Ich kann nicht anders, als ihm stürmisch um den Hals zu fallen.

In der Dose finden wir nicht nur die Rezeptur des Zaubertranks, sondern auch ein Foto, auf dem die Brennerei abgebildet ist sowie eine Art verstecktes Lager hinter einem der Regale. Und jetzt erinnere ich mich auch: Ich habe es schon auf dem Bild in Kristofs Fotoalbum gesehen, aber mir in dem Moment nichts weiter dabei gedacht. Natürlich machen wir uns gleich auf die Suche und entdecken darin fast hundert Flaschen Zaubertrank, die wir sofort zum Verkauf anbieten können.

Als wir Margarete davon erzählen, kann sie es kaum fassen, genauso wenig wie Kristof und ich. »Das ist wirklich unglaublich«, meint sie, und ihr Gesicht leuchtet vor Glück. »Und dann dieses Klappern … Als ob euch jemand darauf hinweisen wollte.«

Womöglich liegt sie damit gar nicht mal so falsch.

Jetzt wird weitergefeiert

Die Menschen tummeln sich auf dem Hofgelände, Musik ertönt aus den Boxen, es wird geredet, gelacht, gegessen. Nicht nur das gesamte Dorf scheint auf den Beinen zu sein, es sind auch viele Besucher von auswärts gekommen.

Herr Eichenbichler hat einige Bekannte und Kollegen vom Schutzbund der vergessenen Bäume mitgebracht, die sich um unseren Infostand scharen und fleißig dem Zaubertrank zusprechen. Am Stand nebenan zeigt Margarete gerade einer Gruppe von Kindern, wie man Butter herstellt.

Ich bin so aufgeregt, weil bisher alles ganz wunderbar läuft. Zudem weiß ich ja auch, was später noch passieren wird. Allerdings habe ich von Mimi noch keine Nachricht bekommen. Ob es am Ende doch nicht klappt? Aber genau in diesem Augenblick betritt sie den Hof, zusammen mit vier anderen Frauen, die so wie sie ebenfalls Tracht tragen. Benno nimmt Mimi in den Arm und küsst sie überschwänglich. Nachdem er sie endlich wieder losgelassen hat, entdeckt sie Kristof und mich und kommt fröhlich winkend auf uns zu. Als sie mir jauchzend um den Hals fällt, macht sich eine unglaubliche Erleichterung in mir breit. Jetzt wird alles gut.

Einer der Kameraleute, die Mimi mitgebracht hat, gesellt sich zu uns. »Sie sind Herr Neubauer?«, fragt er Kristof.

»Ja, der bin ich.«

»Wir möchten gern über den Hof und Ihr tolles Konzept berichten. Mimi hat so davon geschwärmt, vor allem von dem Zaubertrank, den es hier gibt.« Er zwinkert Mimi zu.

»Klar, natürlich.« Kristof fährt sich aufgeregt durch die Haare. »Möchten Sie gleich mal probieren? Oder soll ich Ihnen lieber erst den Hof und die Bäume zeigen?«

Zusammen mit ein paar anderen Produktionsmitarbeitern stellen die beiden sich etwas abseits, um den Ablaufplan zu besprechen.

Währenddessen lege ich meine Hände auf Mimis Schultern und sehe ihr fest in die Augen. »Danke«, sage ich, und meine Stimme zittert ganz leicht. »Für alles. Vor allem, dass du mir nicht mehr böse bist.«

»Ach wo, die Hauptsache ist doch, dass du dich noch rechtzeitig für die richtige Seite entschieden hast. Und ihr beide …« Sie deutet mit dem Kopf zu Kristof.

»Er ist toll«, antworte ich, und sie kichert.

»Ich hab dir doch gesagt, versuche es mal mit einem Landmann.«

In diesem Augenblick erklingt ein Tusch – jemand scheint eine Trompete mitgebracht zu haben, wahrscheinlich einer von Bennos Kumpels. Als ich sehe, dass Kristof ein Mikrofon in der Hand hält, werde ich nervös, wahrscheinlich noch nervöser als er selbst.

Er räuspert sich mehrmals, bevor er anfängt zu sprechen. »Vielen, vielen Dank, dass Sie alle heute gekommen sind – diejenigen, die mich schon lange kennen, aber auch die, die heute zum ersten Mal unseren Hof besuchen. Ich freue mich sehr, Ihnen jetzt etwas sehr Spannendes erzählen zu dürfen.« Er sieht zu mir, und ich lächele ihm zu. »Vor vielen Jahren kam meine Familie aus dem hohen Norden hierher. Sie brachten ganz besondere Bäume mit und pflanzten sie auf einem Grundstück unweit von hier an. Es handelt sich um Elsbeerbäume, von denen nicht nur das Holz kostbar ist, sondern auch die Beeren. Schon mein Urgroßvater brannte daraus den begehrten Zaubertrank, den Sie an dem Stand dort drüben gern probieren dürfen. In Zukunft werden wir aus den Elsbeeren nicht nur Zaubertrank herstellen, sondern auch Marmelade, Likör und vieles mehr. Das alles wird es in unserem Hofladen zu kaufen geben. Außerdem werden wir unsere Gäste mit einem ganz neuen Konzept überraschen …«

Auf einmal wird er von einer tiefen Männerstimme unterbrochen. »Stopp, stopp, stopp, darüber wird erst noch zu reden sein.«

Als ich realisiere, zu wem die Stimme gehört, fährt mir der Schreck durch den gesamten Körper. Es ist mein Chef mit diesem Bauunternehmer Schildmann im Schlepptau. »Was ist hier los?«, fährt er Kristof an.

»Wir feiern ein Fest. Wollen Sie mitfeiern?«

Herr Sillering mustert mich mit zusammengekniffenen Augen. »Das ist doch nicht Ihr Ernst? Deswegen erreiche ich Sie also nicht! Sie haben einen Auftrag!«

Als ich nur mit den Schultern zucke, wird er ganz rot im Gesicht – allerdings nicht so rot wie Herr Schildmann. Dieser brüllt Kristof an: »Sie werden jetzt unterschreiben! Das ist Ihre letzte Chance, sonst …«

»Es tut mir sehr leid, aber …« Herr Eichenbichler drängt sich durch die Menge nach vorn und baut sich vor den beiden Herren auf. »Hier ist alles geschützt. Das Grundstück und der Hof. Darf ich fragen, was Sie dann noch hier wollen?« Er zieht ein Blatt Papier aus seiner Aktentasche und reicht es ihnen. »Ich sage es Ihnen gleich. Sollten Sie überlegen, dieses Dokument zu zerreißen, können Sie sich die Mühe sparen. Es handelt sich nur um eine Kopie. Das Original ist in einem Tresor sicher verwahrt.«

»Aber das … das ist nicht möglich …« Herrn Schildmann läuft nun sichtlich der Schweiß von der Stirn, und meinen Chef habe ich noch nie so fassungslos erlebt wie in diesem Moment.

»Und ob das möglich ist«, entgegnet Herr Eichenbichler triumphierend. »Das hier sind unglaublich wertvolle Bäume. Unter anderem sogar eine Unterart der Elsbeere, die es sonst nirgendwo in Deutschland gibt.«

»Wollen Sie einen Schnaps probieren?«, fragt Kristof jetzt auch noch, doch Herr Schildmann wirft das Papier zu Boden und stürmt wütend davon.

Herr Sillering wendet sich mir zu. »Und Sie sind gefeuert, das ist Ihnen ja wohl klar?« Ohne ein weiteres Wort dreht er sich um und läuft Herrn Schildmann hinterher. Wir sehen den beiden noch nach, wie sie wild gestikulierend zu ihrem Auto stapfen und davonbrausen.

»Ich würde mal sagen, unser Hof und die Felder sind gerettet«, ruft Kristof. Applaus brandet auf. »Und jetzt wird weitergefeiert!«

Das Fest wird ein voller Erfolg, und der Beitrag im Fernsehen am darauffolgenden Tag sorgt für so viel Wirbel, dass Kristof sich vor Anfragen kaum retten kann. Unzählige Bars und Restaurants wollen den Zaubertrank bestellen, Feinkostgeschäfte und Lebensmittelläden interessieren sich für die Elsbeermarmelade, die Pralinen und das Gebäck, und auch die ersten Urlauber kündigen sich bereits an.

Wenige Tage später sitzen Kristof und ich am Abend auf der Bank vor dem Haus und warten darauf, dass die Sonne untergeht. Er hat den Arm um mich gelegt, und ich genieße seine Nähe, seinen Duft und die Wärme, die von ihm ausgeht.

»Du wirst jetzt immer ganz schön viel Arbeit haben«, sage ich.

»Klar, wobei ich das ja auch so haben wollte. Ich muss mich unbedingt nach zusätzlichen Arbeitskräften umsehen. Du wirst mir schon fehlen, wenn du wieder zurück in Nürnberg bist.« Er reibt seine Nasenspitze zärtlich an meiner. »Aber nicht nur als Arbeitskraft, ich hoffe, das weißt du.«

»Ja, das weiß ich«, flüstere ich. »Und ich werde dich auch ganz schrecklich vermissen, das alles hier. Ich dachte immer, das Leben auf dem Land wäre niemals etwas für mich. Ich meine, immerhin trägt man fast den ganzen Tag Gummistiefel.«

Kristof lacht. »Und ich dachte immer, solche Frauen ertrage ich nicht.«

»Und was denkst du jetzt?«

»Na ja, du kannst super Heu verteilen und ausmisten …«

Ich stupse ihn in die Seite, dann kuschele ich mich wieder an ihn. »Übrigens muss ich noch was mit dir besprechen. Heute Mittag habe ich mit Janosch telefoniert, du weißt schon, mein früherer Kollege aus der Agentur. Eine Bekannte von ihm wird demnächst beruflich für drei Monate nach Nürnberg versetzt. Was hältst du davon, wenn ich ihr für diese Zeit meine Wohnung vermiete? Falls du also noch ein bisschen Hilfe gebrauchen kannst … Dann könnten wir gleich mal testen, ob wir das mit uns beiden auch noch in ein paar Wochen gut finden.«

Kristof beginnt zu strahlen. »Ich würde sagen, das klingt prima. Zumal du ja wirklich ganz gut Heu verteilen kannst.« Seine Lippen suchen meine. »Und ich kann irgendwie nicht genug bekommen von deinen Küssen und deinen kleinen Missgeschicken.«

Mein Herz klopft jetzt so heftig, dass ich fürchte, es könnte jeden Moment aus dem Takt geraten. »Ich bekomme auch nicht genug von deinen Küssen. Und wenn du meine Missgeschicke so gut findest, dann kriegen wir das sicher auch hin.«

Unsere Lippen legen sich aufeinander. Was in der Zukunft wohl auf uns wartet? Ich weiß es nicht, doch ich bin bereit für jedes Abenteuer.

ENDE – UND DOCH ERST DER ANFANG …

Ein Dankeschön und Gratisgeschenk

Melde dich auf meiner Website michelleschrenk.de für den Newsletter an und verpasse keine Neuigkeiten mehr. Als Dank für deine Treue bekommst du dort kostenlose Bücher und Bonuskapitel.

Meine liebe Leserin, mein lieber Leser,

an dieser Stelle möchte ich dir vielmals danken, dass du dieses Buch gelesen hast und meine Bücher liebst. Ich hoffe, dir hat die Geschichte von Katja und Kristof gefallen. Vielleicht hat sie dein Herz berührt, und ich konnte dich für eine kurze Zeit aus dem Alltag entführen. Es ist einfach wundervoll, dass du mich auf dieser Reise begleitest. Ich liebe den Austausch mit euch allen, egal auf welchem Weg. Schreibe mir also immer gern. Falls du mir mal zufällig irgendwo begegnen solltest, kannst du mich natürlich auch jederzeit ansprechen. ☺

Wenn dir diese Geschichte gefallen hat, dann lass es mich doch bitte wissen. Schreibe mir gern eine Rezension bei Amazon, denn das ist ganz wichtig für uns Autoren. Besuche mich auf Facebook und Instagram oder folge mir auf Amazon. Werde einer meiner Insider auf WhatsApp, dort gibt es immer ganz besondere News. Ich lasse dich an Coverabstimmungen teilhaben, oder wir plaudern einfach ein wenig. Hinterlasse ein Däumchen oder einen Kommentar, wie und wo auch immer. Ich freue mich über jede Rückmeldung.

Ganz lieben Dank!
Deine Michelle

Im Anschluss findest du weitere Bücher von mir, die ich dir ebenfalls ans Herz legen möchte.
Mehr über meine Bücher auch auf meiner Website michelleschrenk.de

Darf's ein bisschen Meer Liebe sein?

Um das Chaos in ihrem Leben hinter sich zu lassen, beschließt Kati, Urlaub an der Ostsee zu machen und dort ihre beste Freundin Nele zu besuchen. Denn manchmal muss es doch ein bisschen mehr, ähm, Meer sein, oder?
Schon bei ihrer Ankunft stößt sie mit dem viel zu rauen, viel zu bärtigen und viel zu großen Keno zusammen, der sich dann auch noch als ihr Nachbar entpuppt. Von der erhofften Entspannung scheint nun nicht mehr viel übrig zu sein. Im Gegenteil, der Kerl ist die absolute Katastrophe und ganz und gar nicht Katis Fall. Mehr darf es für sie in Sachen Liebe, Romantik und Erholung schon sein, aber nicht mehr in Sachen Keno.
Doch manchmal hat das Leben seine ganz eigenen Pläne – und das Meer sowieso …

Wie ein Stück von unserem Himmel

Wenn du kurz vor der Hochzeit stehst und deinem Ex-Freund vor die Füße kotzt, hast du vielleicht doch noch nicht alles aus deiner Vergangenheit verarbeitet …

Isabella ist fassungslos: Kurz vor ihrem großen Tag tritt ihr Ex-Freund Fabian plötzlich wieder in ihr Leben. Ausgerechnet er soll den erkrankten Hochzeitsfotografen vertreten. Kein Wunder, dass sie sich in seiner Gegenwart einfach mal so übergeben muss. Als wäre das nicht schon genug, verkündet auch noch ihre Oma, der Hochzeit fernbleiben zu wollen.

Doch Isabella ist fest entschlossen, allen Widrigkeiten zu trotzen und endlich ihr neues Leben zu beginnen. Ein neuer Himmel ist schließlich ihr Ziel – koste es, was es wolle. Wäre da nur nicht das Problem, dass zwischen ihr und Fabian noch nicht alles geklärt ist.

Und dieses eine Stück vom alten Himmel holt ungeahnte, längst vergessene und verdrängte Gefühle wieder an die Oberfläche …

Weil wir in den Sternen stehen: Das Buch unseres Lebens

Wenn das Schicksal etwas Bestimmtes mit dir vorhat, stehen die Sterne nicht nur kopf, sie leuchten auch ein bisschen heller …

Als Emilia und Raphael sich am Bahnhof zum ersten Mal flüchtig über den Weg laufen, ist ihr Plan ganz sicher nicht, ein gemeinsames Leben zu führen. Eine unbedeutende Begegnung, mehr nicht. Und doch treffen sie kurze Zeit später scheinbar zufällig schon wieder aufeinander. Emilia, die ihren ersten Roman verfassen will, kann es nicht glauben: Der nervige Nachbar mit der zu lauten Musik ist Raphael, der Kerl vom Bahnhof. Auch wenn er irgendwie witzig, frech und anziehend ist, wird er sicher keine Rolle in ihrem Leben spielen oder gar am Ende mit ihr gemeinsam Geschichte schreiben. Wenn, dann höchstens ein Kapitel. Oder vielleicht auch zwei?
Doch mit Büchern ist das so eine Sache. Wenn man einmal damit angefangen hat, sie zu schreiben, lassen sich manche Geschichten nicht so einfach beenden – schon gar nicht, wenn das Schicksal der Autor ist und längst seine Finger im Spiel hat.

Nur ein einziger Tag

Wenn sich ein Mensch verletzt, heilt irgendwo ein anderer.

Anni hat nur ein Ziel im Leben: todkranken Menschen ihren letzten Wunsch zu erfüllen und ihnen nur noch einen einzigen Tag voller Glück zu schenken. Dieses Ziel setzt sie zusammen mit ihrem Team vom Wünschewagen erfolgreich in die Tat um.

Sie selbst ist jedoch alles andere als glücklich. Denn nur ein einziger Tag hat vor vier Jahren alles in ihrem Leben für immer verändert. Ein Tag, der sie niemals mehr losgelassen hat, so schwer wiegen die Schatten der Vergangenheit und die Schuld auf ihr. Doch dann begegnet sie Jasper, ihrem neuen Nachbarn. Er weckt Gefühle in ihr, die sie seit Jahren nicht mehr empfunden hat.

Als auf ihrem Schreibtisch dann auch noch ein unerwarteter Herzenswunsch landet, bringt dieser Anni zurück an den Ort, dem sie eigentlich für immer den Rücken kehren wollte. Und mit einem Mal muss sie erkennen, dass nichts im Leben ohne Grund passiert. Denn wenn sich ein Mensch verletzt, heilt irgendwo ein anderer.

Irgendwo hinter den Wolken
Finalist beim Kindle Storyteller Award 2019

Sophie will endlich die Dunkelheit verlassen, die sie seit Jahren gefangen hält. Sie ist sich sicher, dass ihr zerbrochenes Herz nie wieder heilen kann, dennoch sehnt sie sich nach einem Neuanfang und einem Leben ohne Angst. Ein Versprechen und eine Postkarte tragen eines Tages entscheidend dazu bei, dass Sophie den Mut fasst, nur mit einer Reisetasche bepackt ins Ungewisse zu fliehen.

Dann trifft sie auf Erik. Auch er hat einen schlimmen Verlust erfahren und glaubt fest daran, dass nichts den Schmerz in ihm jemals wieder lindern wird.

Doch was beide nicht wissen: Es ist kein Zufall, sondern Schicksal, dass sie sich begegnet sind. Denn sie verbindet die Hoffnung, dass irgendwo hinter den Wolken das Glück auf sie wartet.

Ein Roman voller Hoffnung – so wie das Licht hinter den Wolken.

Strandküsse und andere Turbulenzen

Wenn statt Urlaubserholung pures Chaos auf dich wartet …

Rike ist ein Arbeitstier und hasst Urlaube. Zu blöd, dass sie sich in einem sentimentalen Moment dazu überreden lässt, zusammen mit einem guten Freund die Pension Sommertraum an der Nordsee zu buchen. Als sie von diesem jedoch kurzfristig versetzt wird, sieht sie sich gezwungen, allein in den Urlaub zu fahren.
Und das ist erst der Anfang einer Vielzahl von Turbulenzen. Denn die Pension Sommertraum, die im Internet so hübsch aussah, entpuppt sich als Albtraum schlechthin. Und als wäre das nicht schon schlimm genug, ist da auch noch dieser Nils, der Rike schon im Zug gehörig auf die Nerven ging.
Doch dann reißt er mit einem einzigen Strandkuss ihre sonst so geordnete Welt aus den Fugen …

Printed in Poland
by Amazon Fulfillment
Poland Sp. z o.o., Wrocław

21048518R00140